TRANZLATY

Language is for everyone

Jezik je za sve

The Call of Cthulhu

Zov Cthulhua

H.P. Lovecraft

English

Hrvatski

www.tranzlaty.com

The Horror Made of Clay
Užas od gline

There is one thing I find particularly merciful.
Postoji jedna stvar koju smatram posebno milosrdnom.
The inability of the human mind to correlate events.
Nemogućnost ljudskog uma da poveže događaje.
It's a blessing that we can't understand the world.
Blagoslov je što ne možemo razumjeti svijet.
We live blissfully on a placid island of ignorance.
Blaženo živimo na mirnom otoku neznanja.
An island in the midst of black seas of infinity.
Otok usred crnih mora beskonačnosti.
And it was not meant that we should voyage far.
I nije bilo namijenjeno da putujemo daleko.
The sciences each strain in their own directions.
Svaka znanost ide u svom smjeru.
But hitherto science's findings have harmed us little.
Ali dosadašnja znanstvena otkrića nisu nam puno naštetila.
But some day dissociated knowledge will be pieced together.
Ali jednog će se dana razdvojeno znanje sastaviti u komadiće.
Terrifying vistas of reality will open up to us.
Otvorit će nam se zastrašujući vidici stvarnosti.
And we will be left in a frightful vantage point.
I ostat ćemo na strašnom povoljnom položaju.
We will either go mad from the revelation we are given.
Ili ćemo poludjeti od otkrivenja koje nam je dano.
Or we will flee from the deadly light that we will see.
Ili ćemo pobjeći od smrtonosne svjetlosti koju ćemo vidjeti.
We will run from the knowledge we had always pursued.
Bježat ćemo od znanja kojem smo oduvijek težili.
And we will seek the peace and safety of a new dark age.
I tražit ćemo mir i sigurnost novog mračnog doba.
Theosophists have guessed at the scale of the cosmos.
Teozofi su nagađali o razmjerima kozmosa.
Our world is but a transient incident in this cycle.

Naš svijet je samo prolazni događaj u ovom ciklusu.
The human race plays but a little role in the universe.
Ljudska rasa igra samo malu ulogu u svemiru.
The theosophists have hinted at strange methods of survival.
Teozofi su nagovijestili čudne metode preživljavanja.
But their suggestions would freeze a rational man's blood.
Ali njihovi bi prijedlozi zaledili krv razumnom čovjeku.
Only the optimism of their ideas hides the horror.
Samo optimizam njihovih ideja prikriva užas.
But it is not their ideas that chill me the most.
Ali nisu njihove ideje ono što me najviše plaši.
It is something else that fills me with terror.
To je nešto drugo što me ispunjava užasom.
The single glimpse of forbidden eons I have seen.
Jedini uvid u zabranjene eone koji sam vidio.
When I think of what I saw my blood stands still.
Kad pomislim na ono što sam vidio, krv mi se zaledi.
Restlessness plagues my dreams since that glimpse.
Nemir me muči u snovima otkad sam ga ugledao.
It came to me like all dreaded glimpses of truth.
Došlo mi je kao i svi strašni bljeskovi istine.
An accidental piecing together of separated things.
Slučajno spajanje razdvojenih stvari.
An old newspaper item and the notes of a dead professor.
Stari novinski članak i bilješke pokojnog profesora.
In a flash everything was pieced together before me.
U trenu se sve preda mnom složilo.
I hope no one else will accomplish this terrible insight.
Nadam se da nitko drugi neće ostvariti ovaj strašni uvid.
Certainly, if I live, I shall never help anyone to know it.
Svakako, ako živim, nikome neću pomoći da to sazna.
I shall never knowingly supply a link in so hideous a chain.
Nikada svjesno neću dati kariku u tako odvratnom lancu.
I think that the professor, too, intended to keep silent.
Mislim da je i profesor namjeravao šutjeti.
He didn't mean to share the secrets that he knew.
Nije namjeravao dijeliti tajne koje je znao.

And I'm sure he would have destroyed his notes.
I siguran sam da bi uništio svoje bilješke.
If he had not been seized by sudden and suspicious death.
Da ga nije obuzela iznenadna i sumnjiva smrt.

***

My knowledge of the thing began in the winter of 1926-27.
Moje znanje o toj stvari počelo je zimi 1926.-27.
My great-uncle was the professor George Gammell Angell.
Moj praujak je bio profesor George Gammell Angell.
He was the Professor Emeritus of Semitic languages.
Bio je profesor emeritus semitskih jezika.
He lectured in Brown University, Providence, Rhode Island.
Predavao je na Sveučilištu Brown u Providenceu, Rhode
Island.
His death, at the age of ninety-two, triggered the event.
Njegova smrt, u dobi od devedeset i dvije godine, pokrenula je
događaj.
**He was widely known as an authority on ancient
inscriptions.**
Bio je široko poznat kao stručnjak za drevne natpise.
Heads of prominent museums came to him for his expertise.
Ravnatelji istaknutih muzeja dolazili su k njemu radi njegove
stručnosti.
So his death was noticed by many within academic circles.
Stoga su njegovu smrt primijetili mnogi u akademskim
krugovima.
Interest was intensified by the obscurity of his death.
Interes je pojačala nejasnoća njegove smrti.
It occurred as he was disembarking from the Newport boat.
Dogodilo se to dok se iskrcavao s broda u Newportu.
**Witnesses say a dark nautical-looking fellow had jostled
him.**
Svjedoci kažu da ga je gurnuo tamnoputi muškarac nautičkog
izgleda.
After being stricken, he fell suddenly, witnesses say.

Nakon što je pogođen, naglo je pao, kažu svjedoci.
Physicians were unable to find any visible disorder.
Liječnici nisu mogli pronaći nikakav vidljivi poremećaj.
After some perplexed debate they reached their conclusion.
Nakon zbunjujuće rasprave došli su do svog zaključka.
"It must have been a lesion of the heart," they agreed.
„Mora da je to bila lezija srca", složili su se.
"After all, he was rather an elderly man," they added.
„Uostalom, bio je prilično stariji čovjek", dodali su.
"the brisk ascent of the steep hill caused his end."
"brzi uspon strmog brda uzrokovao je njegov kraj."
At the time I saw no reason to dissent from this dictum.
U to vrijeme nisam vidio razloga za neslaganje s ovom
izrekom.
But latterly I am inclined to wonder about their conclusion.
Ali u posljednje vrijeme sklon sam se zapitati o njihovom
zaključku.
And I do more than just wonder if they were right.
I ne samo da se pitam jesu li bili u pravu.

***

My grand-uncle died alone as a childless widower.
Moj praujak je umro sam kao udovac bez djece.
And so I became heir and executor to his possessions.
I tako sam postao nasljednik i izvršitelj njegove imovine.
So I was expected to go over his papers and writings.
Dakle, očekivalo se od mene da pregledam njegove papire i
spise.
I moved his entire set of files and boxes to my Boston home.
Preselio sam cijeli njegov set dosjea i kutija u svoj dom u
Bostonu.
Much of the materials I collected will later be published.
Velik dio materijala koje sam prikupio bit će kasnije objavljen.
Many academics in his field took great interest in his work.
Mnogi akademici u njegovom području pokazali su velik
interes za njegov rad.

The American archeological society relied on him greatly.
Američko arheološko društvo se uvelike oslanjalo na njega.
But there was one box which I found exceedingly puzzling.
Ali postojala je jedna kutija koja mi je bila izuzetno zbunjujuća.
I felt much averse from showing these files to other eyes.
Osjećao sam veliku nelagodu pokazujući ove dosjee drugima.
The box had been locked, unlike the other boxes.
Kutija je bila zaključana, za razliku od ostalih kutija.
And initially I found no key that would open this box.
I isprva nisam pronašao ključ koji bi otvorio ovu kutiju.
But then the location of the key occurred to me.
Ali onda mi je palo na pamet gdje se ključ nalazi.
The professor always carried a keyring in his pocket.
Profesor je uvijek nosio privjesak za ključeve u džepu.
It was indeed one of these keys that opened the box.
Doista je jedan od tih ključeva otvorio kutiju.
But in the box was a still more closely locked barrier.
Ali u kutiji se nalazila još čvršće zaključana barijera.
What could be the meaning of the queer bas-relief?
Što bi moglo biti značenje čudnog bareljefa?
Various paper cuttings accompanied the bas-relief.
Bareljef su pratili razni izrezci od papira.
What did the disjointed jottings and ramblings allude to?
Na što su aludirali nepovezani zapisi i brbljanja?
Had my uncle become credulous to superficial impostures?
Je li moj ujak postao lakovjeran površnim prijevarama?
Perhaps in his later years his criticalness thought slowed.
Možda se u kasnijim godinama njegovo kritičko razmišljanje
usporilo.
Someone had disturbed this old man's peace of mind.
Netko je poremetio duševni mir ovog starca.
And so I resolved to locate the eccentric sculptor.
I tako sam odlučio pronaći ekscentričnog kipara.
The man who set in motion my uncle's strange obsession.
Čovjek koji je pokrenuo čudnu opsesiju mog ujaka.

***

The bas-relief was roughly shaped like a rectangle.
Bareljef je bio otprilike oblikovan kao pravokutnik.
The rectangular shape was less than an inch thick.
Pravokutni oblik bio je debeo manje od jednog inča.
And the bas-relief was about five by six inches in area.
A bareljef je bio veličine otprilike pet puta šest inča.
It was obvious that the bas-relief was of modern origin.
Bilo je očito da je bareljef modernog porijekla.
The designs, however, were far from modern in atmosphere.
Međutim, dizajni su bili daleko od moderne atmosfere.
The inscriptions suggested a far older civilization.
Natpisi su ukazivali na daleko stariju civilizaciju.
The vagaries of cubism and futurism were many and wild.
Hirovi kubizma i futurizma bili su brojni i divlji.
But normally such patterns fail to produce regularity.
Ali takvi obrasci obično ne uspijevaju proizvesti pravilnost.
The cryptic regularity which lurks in prehistoric writing.
Kriptična pravilnost koja se krije u pretpovijesnom pisanju.
This regularity was certainly present in the bas-relief.
Ta je pravilnost svakako bila prisutna u bareljefu.
I was certain the inscriptions represented a writing system.
Bio sam siguran da natpisi predstavljaju sustav pisanja.
I had some familiarity with the papers of my uncle.
Bio sam donekle upoznat s papirima svog ujaka.
And I had looked through all of his collections and works.
I pregledao sam sve njegove zbirke i djela.
But I failed to find any writing that was similar.
Ali nisam uspio pronaći nijedan sličan tekst.
I could not geographically place this alphabet in any way.
Nisam mogao geografski smjestiti ovu abecedu ni na koji
način.
Nor could I guess from what time this writing came from.
Niti sam mogao pogoditi iz kojeg vremena potječe ovaj tekst.
Above these apparent hieroglyphics there was a figure.
Iznad ovih očiglednih hijeroglifa nalazila se figura.
The figure was evidently only of pictorial intent.

Figura je očito imala samo slikovnu namjeru.
The impressionism of the picture added to the mystery.
Impresionizam slike doprinio je misteriji.
No clear idea of the creature's nature could be discerned.
Nije se mogla razaznati jasna ideja o prirodi stvorenja.
The creature seemed to be a monster, of some sort.
Stvorenje je izgledalo kao neka vrsta čudovišta.
Or the symbol represented a monster, of some sort.
Ili je simbol predstavljao neku vrstu čudovišta.
Only a diseased mind could conceive of such a form.
Samo bolesni um mogao bi zamisliti takav oblik.
My imagination yielded different pictures simultaneously.
Moja mašta je istovremeno rađala različite slike.
But my imagination may also be somewhat extravagant.
Ali moja mašta može biti i pomalo ekstravagantna.
An octopus, a dragon, and also a human caricature.
Hobotnica, zmaj, a također i ljudska karikatura.
I shall try not be unfaithful to the spirit of the thing.
Pokušat ću ne biti nevjeran duhu stvari.
A pulpy, tentacled head surmounted a scaly body.
Mesnata, pipkasta glava nadvisivala je ljuskavo tijelo.
Rudimentary wings protruded from the grotesque shape.
Rudimentarna krila stršila su iz grotesknog oblika.
But the shape of the monster wasn't even the worst part.
Ali oblik čudovišta nije bio ni najgori dio.
The background of the picture was even more frightening.
Pozadina slike bila je još strašnija.
The scenery had a vague suggestion of another civilization.
Krajolik je nejasno nagovještavao neku drugu civilizaciju.
Cyclopean architecture from a forgotten part of the world.
Kiklopska arhitektura iz zaboravljenog dijela svijeta.

*****

Only some notes and press cuttings accompanied the oddity.
Samo su neke bilješke i isječci iz novina pratili neobičnost.
The press cuttings seemed to be only vaguely related.

Činilo se da su isječci iz novina bili samo nejasno povezani.
The hand written notes were all from my uncle.
Sve rukom pisane bilješke bile su od mog ujaka.
But his notes made no pretense to any literary style.
Ali njegove bilješke nisu imale pretenzije ni na jedan književni stil.
There was no ordering mechanism to any of the papers.
Nije postojao mehanizam za naručivanje ni za jedan od radova.
Although there seemed to be a master document to the notes.
Iako se činilo da postoji glavni dokument za bilješke.
This document was ascribed to the cult of Cthulhu
Ovaj dokument pripisan je kultu Cthulhua
The word's letters had been painstakingly written out.
Slova riječi bila su mukotrpno ispisana.
There should be no erroneous reading of the unheard of word.
Ne bi trebalo biti pogrešnog čitanja nečuvene riječi.
This Cthulhu manuscript was divided into two sections;
Ovaj Cthulhuov rukopis bio je podijeljen u dva dijela;
The first manuscript was titled the following:
Prvi rukopis nosio je sljedeći naslov:
"1925 - Dream and Dream Work of H. A. Wilcox"
"1925. - San i djelo iz snova H. A. Wilcoxa"
"7 Thomas St., Providence, Road Island"
"7 Thomas St., Providence, Road Island"
And the second manuscript was titled the following:
A drugi rukopis nosio je sljedeći naslov:
"Narrative of Inspector John R. Legrasse"
"Pripovijest inspektora Johna R. Legrassea "
"121 Bienville St., New Orleans, 1908 Meetings."
"121 Bienville St., New Orleans, sastanci 1908."
"Notes on Same, & Prof. Webb's account of events"
"Bilješke o istom i izvještaj prof. Webba o događajima"
The other manuscript papers were all brief notes.
Ostali rukopisi bili su kratke bilješke.

Some manuscripts described the queer dreams of different persons.
Neki rukopisi opisivali su neobične snove različitih osoba.
Some manuscripts cited from theosophical books and magazines.
Neki rukopisi citirani iz teozofskih knjiga i časopisa.
Notably, most of these citations were from W. Scott-Eliott.
Valja napomenuti da je većina tih citata bila od W. Scott-Eliotta.
Mainly the notes referenced Atlantis and the Lost Lemuria.
Bilješke su uglavnom spominjale Atlantidu i Izgubljenu Lemuriju.
The other notes commented on long-surviving secret societies.
Ostale bilješke komentirale su dugo preživjela tajna društva.
Hidden cults that may or may not still exist somewhere.
Skriveni kultovi koji možda još uvijek postoje negdje, a možda i ne.
Two books seemed to provide most of the information;
Činilo se da dvije knjige pružaju većinu informacija;
Miss Murray's Witch-Cult in Western Europe.
Kult vještica gospođice Murray u Zapadnoj Europi.
This book thoroughly detailed Mythological sources.
Ova knjiga temeljito je obradila mitološke izvore.
And Frazer's Golden Bough provided anthropological sources.
A Frazerova Zlatna grana pružila je antropološke izvore.

***

The cuttings largely alluded to outré mental illnesses.
Izrezi su uglavnom aludirali na ekstremne mentalne bolesti.
Outbreaks of group folly and mania in the spring of 1925.
Izbijanja grupnog ludila i manije u proljeće 1925.
The first half of the manuscript told a very peculiar tale.
Prva polovica rukopisa ispričala je vrlo neobičnu priču.

1925, the 1st of March, a thin dark young man came to my uncle.
Prvog ožujka 1925. godine, mršav, tamnoput mladić došao je mom ujaku.
The manuscript describes his neurotic and excited aspect.
Rukopis opisuje njegov neurotični i uzbuđeni aspekt.
And he bore with him the strange bas-relief.
I nosio je sa sobom neobičan bareljef.
At that time the bas-relief was exceedingly damp and fresh.
U to vrijeme bareljef je bio izrazito vlažan i svjež.
His card bore the name of Henry Anthony Wilcox.
Na njegovoj kartici pisalo je ime Henryja Anthonyja Wilcoxa.
And my uncle had slightly recognized who he was.
I moj ujak je donekle prepoznao tko je on.
He was the youngest son of an excellent family.
Bio je najmlađi sin u izvrsnoj obitelji.
Latterly he had been studying sculpture at Rhode Island.
Kasnije je studirao kiparstvo na Rhode Islandu.
He lived alone at the Fleur-de-Lys Building.
Živio je sam u zgradi Fleur-de-Lys.
His residences were near the university.
Njegove rezidencije bile su u blizini sveučilišta.
Wilcox was a precocious youth of known genius.
Wilcox je bio prerano sazrio mladić poznatog genija.
But he was also known for his great eccentricity.
Ali bio je poznat i po svojoj velikoj ekscentričnosti.
From childhood he had excited the attention of others.
Od djetinjstva je privlačio pažnju drugih.
He told of strange stories no one had told him about.
Pričao je čudne priče o kojima mu nitko nije pričao.
And he was in the habit of relating strange dreams.
I imao je običaj prepričavati čudne snove.
He described himself as "psychically hypersensitive".
Opisao je sebe kao "psihički preosjetljivog".
But those around him had other descriptions for him.
Ali oni oko njega imali su drugačije opise za njega.
They were staid folk of the ancient commercial city.

Bili su ozbiljni ljudi drevnog trgovačkog grada.
And they dismissed him as merely strange and "queer".
I odbacili su ga kao tek čudnog i "čudnog".
And so he never mingled much with his kind.
I zato se nikada nije puno družio sa svojom vrstom.
And he had dropped gradually from social visibility.
I postupno je nestajao iz društvene vidljivosti.
Now he is known only to a small group of esthetes.
Sada je poznat samo maloj skupini esteta.
And those who knew him came mostly from other towns.
A oni koji su ga poznavali dolazili su uglavnom iz drugih gradova.
Even the Providence art club had found him quite hopeless.
Čak ga je i umjetnički klub Providence smatrao prilično beznadnim.
Of course they were anxious to preserve their conservatism.
Naravno da su željeli sačuvati svoj konzervativizam.

***

The professor's manuscript continued to describe the visit.
Profesorov rukopis je nastavio opisivati posjet.
The sculptor abruptly asked for his host's archeological knowledge.
Kipar je naglo upitao svog domaćina za arheološko znanje.
He wanted him to identify the hieroglyphics on the bas-relief.
Htio je da identificira hijeroglife na bareljefu.
He spoke in a dreamy and rather stilted manner.
Govorio je sanjivo i pomalo ukočeno.
His speech suggested pose and alienated sympathy.
Njegov govor sugerirao je pozu i otuđenu simpatiju.
And my uncle showed some sharpness in his reply.
I moj ujak je pokazao neku oštrinu u svom odgovoru.
Because the bas-relief was still conspicuously freshness.
Jer je bareljef još uvijek bio uočljivo svjež.
So there was no need for any kinship with archeology.

Dakle, nije bilo potrebe za ikakvom povezanošću s arheologijom.

Young Wilcox's rejoinder was of a fantastically poetic cast.

Odgovor mladog Wilcoxa bio je fantastično poetski.

My uncle must have been impressed with the reply.

Moj ujak je sigurno bio impresioniran odgovorom.

And he recorded the reply of Wilcox verbatim.

I doslovno je zabilježio Wilcoxov odgovor.

"The bas-relief is indeed still conspicuously fresh."

"Bareljef je doista još uvijek uočljivo svjež."

"Because I made this bas-relief last night, after a dream."

"Jer sam sinoć napravio ovaj bareljef, nakon sna."

"A dream of strange cities and stranger people."

"San o čudnim gradovima i čudnijim ljudima."

"And dreams are older than brooding Tyros."

"A snovi su stariji od turobnog Tirosa."

"Dreams are older than the contemplative Sphinx."

"Snovi su stariji od kontemplativne Sfinge."

"And dreams are older than the garden-girdled Babylon."

"A snovi su stariji od vrtovima okruženog Babilona."

This type of speech turned out to be characteristic of him.

Pokazalo se da je ova vrsta govora karakteristična za njega.

It was then that he began that rambling tale.

Tada je započeo tu nepovezanu priču.

The tale which suddenly played upon a sleeping memory.

Priča koja je iznenada probudila usnulo sjećanje.

The tale that won the fevered interest of my uncle.

Priča koja je izazvala grozničavo zanimanje mog ujaka.

***

There had been a slight earthquake tremor the night before.

Noć prije bio je blagi potres.

The most considerable tremor New England had felt for some years.

Najznačajniji potres koji je Nova Engleska osjetila u posljednjih nekoliko godina.

Wilcox's imagination had been keenly affected by the earthquake.
Wilcoxova mašta je bila snažno pogođena potresom.
He had had an unprecedented dream of great Cyclopean cities.
Sanjao je neviđen san o velikim kiklopskim gradovima.
He dreamed of Titan blocks and sky-flung monoliths.
Sanjao je o blokovima Titana i monolitima bačenim u nebo.
All the architecture was dripping with green ooze.
Sva arhitektura bila je prekrivena zelenom sluzi.
And his dreams were sinister with latent horror.
I njegovi snovi bili su zlokobni od prikrivenog užasa.
Hieroglyphics had covered the walls and pillars.
Hijeroglifi su prekrivali zidove i stupove.
From somewhere underneath there came a sound.
Negdje odozdo začuo se zvuk.
The sound was of a voice, but it was not a voice.
Zvuk je bio glas, ali to nije bio glas.
A chaotic sensation which only fancy could transmute into sound.
Kaotičan osjećaj koji je samo mašta mogla pretvoriti u zvuk.
He attempted to say the almost unpronounceable word.
Pokušao je izgovoriti gotovo neizgovorljivu riječ.
A jumble of unlikely letters; "Cthulhu fhtagn".
Zbrka neobičnih slova; "Cthulhu fhtagn ".
This verbal jumble was the key to my uncle's recollection.
Ova verbalna zbrka bila je ključ sjećanja mog ujaka.
This strange sound excited and disturbed Professor Angell.
Ovaj čudan zvuk uzbudio je i uznemirio profesora Angella.
He questioned the sculptor with scientific minuteness.
Ispitivao je kipara sa znanstvenom minucioznošću.
He studied the bas-relief with almost frantic intensity.
Proučavao je bareljef gotovo mahnitom intenzivnošću.
My uncle blamed his old age, Wilcox afterward said.
Moj ujak je krivio svoju starost, rekao je Wilcox kasnije.
In his younger days he would have recognized the hieroglyphics.

U mlađim danima prepoznao bi hijeroglife.
The pictorial design wouldn't have puzzled his sharper mind.
Slikovni dizajn ne bi zbunio njegov oštriji um.
Many of his questions seemed highly out of place to his visitor.
Mnoga njegova pitanja posjetitelju su se činila krajnje neumjesnima.
He tried to connect him to strange mythological cults.
Pokušao ga je povezati s čudnim mitološkim kultovima.
He tried to get him to admit affiliation to secret societies.
Pokušao ga je nagovoriti da prizna pripadnost tajnim društvima.
My uncle even promised to keep his visitor's secret.
Moj ujak je čak obećao da će čuvati tajnu svog posjetitelja.
"Are you not part of a widespread mystical group?"
"Niste li dio neke raširene mistične skupine?"
"Are you not a member of a paganly religious body?"
"Niste li član poganske vjerske zajednice?"
Eventually he became convinced the sculptor wasn't a member.
Na kraju se uvjerio da kipar nije član.
He was indeed ignorant of any cult or system of cryptic lore.
Doista nije poznavao nijedan kult ili sustav kriptičnog predanja.
He besieged his visitor with demands for future reports of dreams.
Opsjedao je svog posjetitelja zahtjevima za buduća izvješća o snovima.
This strange request bore regular and interesting fruit.
Ovaj neobičan zahtjev redovito je donosio zanimljive plodove.

***

After the first interview the manuscript records daily calls.
Nakon prvog intervjua, rukopis bilježi dnevne pozive.
He related startling fragments of nocturnal imagery.

Ispričao je zapanjujuće fragmente noćnih slika.
There were always the same themes in his dreams.
U njegovim snovima uvijek su bile iste teme.
A terrible Cyclopean vista of dark and dripping stone.
Strašan kiklopski prizor tamnog i vlažnog kamena.
A subterranean voice or intelligence shouting monotonously.
Podzemni glas ili inteligencija koja monotono viče.
Two sounds seemed to repeat themselves in his dreams.
U njegovim snovima kao da su se dva zvuka ponavljala.
But these sounds were as enigmatic as the other sounds.
Ali ovi zvukovi bili su jednako zagonetni kao i ostali zvukovi.
The sounds can only be rendered by the letters "Cthulhu" and "R'lyeh".
Zvukovi se mogu izgovoriti samo slovima "Cthulhu" i " R'lyeh ".
On March 23rd, the manuscript continued, Wilcox failed to come.
Dana 23. ožujka, nastavlja se u rukopisu, Wilcox nije došao.
My uncle made inquiries at the quarters of his whereabouts.
Moj ujak se raspitao u njegovom stanu gdje se nalazi.
That night he had been stricken with an obscure sort of fever.
Te noći ga je pogodila neka nejasna vrsta groznice.
And he was taken to the home of his family in Waterman Street.
I odveden je u dom svoje obitelji u ulici Waterman.
That night he had cried out in one of his dreams.
Te noći je plakao u jednom od svojih snova.
His cries aroused several other artists in the building.
Njegovi su krici probudili nekoliko drugih umjetnika u zgradi.
And he was between alternations of unconsciousness and delirium.
I nalazio se između izmjena nesvijesti i delirija.
My uncle at once telephoned the family of Wilcox.
Moj ujak je odmah telefonirao obitelji Wilcox.
And from that time forward he kept close watch of the case.

I od tada je pomno pratio slučaj.
He called often at the Thayer Street office of Dr. Tobey.
Često je navraćao u ordinaciju dr. Tobeyja u ulici Thayer.
Dr. Tobey was in charge of the patient's condition.
Dr. Tobey je bio zadužen za pacijentovo stanje.
The youth's febrile mind was dwelling on strange things.
Mladićev grozničavi um preživljavao je na čudnim stvarima.
The doctor shuddered now and then as he spoke of the dreams.
Doktor se s vremena na vrijeme stresao dok je govorio o snovima.
The dreams repeated a lot of the earlier themes.
Snovi su ponavljali mnoge ranije teme.
But now his dreams made mention of something new.
Ali sada su njegovi snovi spominjali nešto novo.
A gigantic thing "a miles high" which walked, or lumbered about.
Gigantska stvar "visoka milju" koja je hodala ili se teško kretala uokolo.
He at no time fully described this object in any detail.
Ni u jednom trenutku nije u potpunosti opisao ovaj objekt u bilo kakvim detaljima.
But Dr. Tobey relayed the frantic words of his patient.
Ali dr. Tobey je prenio panične riječi svog pacijenta.
And the professor became increasingly certain of what it was.
I profesor je postajao sve sigurniji u to što je to.
The nameless monstrosity he had sought to depict in his sculpture.
Bezimenu nakazu koju je nastojao prikazati u svojoj skulpturi.
The doctor had mentioned the bas-relief he had made.
Doktor je spomenuo bareljef koji je napravio.
This mention preludes the young man's subsidence into lethargy.
Ovo spominjanje najavljuje mladićevo utonuće u letargiju.
His temperature, oddly enough, was not greatly above normal.

Njegova temperatura, začudo, nije bila puno iznad normalne.
But his general condition suggested he was in a fever.
Ali njegovo opće stanje sugeriralo je da ima temperaturu.
A fever, as opposed to being in the grasp of a mental disorder.
Vrućica, za razliku od stanja u kojem se nalazite u mentalnom poremećaju.

***

On April 2nd at about 3 p.m. the fever came to an end.
Drugog travnja oko 15 sati groznica je prestala.
Every trace of Wilcox's malady suddenly ceased.
Svaki trag Wilcoxove bolesti iznenada je nestao.
He sat upright in bed as if waking up from regular sleep.
Sjedio je uspravno u krevetu kao da se budi iz redovnog sna.
He was astonished to find himself at his parents' home.
Bio je zapanjen kad se našao u kući svojih roditelja.
And he was completely ignorant of what had happened.
I bio je potpuno nesvjestan što se dogodilo.
Neither dream nor reality had made an impression on his mind.
Ni san ni stvarnost nisu ostavili dojam na njegov um.
Dr. Tobey pronounced him fit to be dismissed from his care.
Dr. Tobey ga je proglasio sposobnim za otpuštanje iz skrbi.
And he returned to his quarters three days later.
I vratio se u svoje odaje tri dana kasnije.
But to Professor Angell he was of no further assistance.
Ali profesoru Angellu on nije bio od daljnje pomoći.
All traces of strange dreaming had vanished with his recovery.
Svi tragovi čudnih snova nestali su s njegovim oporavkom.
For a week he recounted irrelevant and thoroughly usual visions.
Tjedan dana je prepričavao nebitne i sasvim uobičajene vizije.
And my uncle kept no further record of his night-thoughts.
I moj ujak nije dalje zapisivao svoje noćne misli.

At this point the first part of the manuscript ended.
U ovom trenutku prvi dio rukopisa je završio.
But my research was still anything but concluded.
Ali moje istraživanje je ipak bilo sve samo ne završeno.
References to scattered notes helped piece things together.
Pozivanje na raštrkane bilješke pomoglo je da se stvari slože.
And there was more than enough material for thought.
I bilo je više nego dovoljno materijala za razmišljanje.
My distrust of the artist had still not subsided.
Moje nepovjerenje prema umjetniku još uvijek nije splasnulo.
But this was largely a result of my ingrained skepticism.
Ali to je uglavnom bio rezultat mog duboko ukorijenjenog
skepticizma.
The notes described the dreams of various persons.
Bilješke su opisivale snove raznih osoba.
**These dreams all occurred while young Wilcox was in his
fever.**
Svi ovi snovi su se dogodili dok je mladi Wilcox bio u
groznici.
My uncle, it seems, wasted no time in collecting the data.
Čini se da moj ujak nije gubio vrijeme prikupljajući podatke.
**He had quickly instituted a prodigiously far-flung body of
inquiries.**
Brzo je pokrenuo golem niz istraga.
Any friend that didn't show impertinence he questioned.
Svakog prijatelja koji nije pokazao drskost, ispitivao je.
He requested from them nightly reports of their dreams.
Tražio je od njih noćne izvještaje o njihovim snovima.
And he asked if they had had any notable visions of late.
I pitao ih je jesu li u posljednje vrijeme imali kakve značajne
vizije.
The reception of his request seems to have been varied.
Čini se da je prijem njegovog zahtjeva bio različit.
But there was certainly no shortage in replies.
Ali odgovora zasigurno nije nedostajalo.
No ordinary man could have handled the replies alone.
Nijedan običan čovjek ne bi mogao sam riješiti odgovore.

The original correspondences were not preserved.
Izvorne korespondencije nisu sačuvane.
But his notes formed a thorough and significant digest.
Ali njegove bilješke su činile temeljit i značajan sažetak.

***

Initially he had approached average people in society.
U početku se obraćao prosječnim ljudima u društvu.
New England's traditional "salt of the earth".
Tradicionalna "sol zemlje" Nove Engleske.
But this group gave an almost completely negative result.
Ali ova je skupina dala gotovo potpuno negativan rezultat.
Though there were some exceptions to this group too.
Iako je i u ovoj skupini bilo nekih iznimaka.
Scattered cases of uneasy but formless nocturnal impressions.
Raspršeni slučajevi nemirnih, ali bezobličnih noćnih dojmova.
Their reports were always between March 23rd and April 2nd.
Njihova izvješća su uvijek bila između 23. ožujka i 2. travnja.
This aligned with the same period of young Wilcox's delirium.
To se poklapalo s istim razdobljem delirija mladog Wilcoxa.
Men of science had been only a little more affected.
Znanstvenici su bili samo malo više pogođeni.
Though four cases of vague description were of interest.
Iako su četiri slučaja nejasnog opisa bila zanimljiva.
They had had fugitive glimpses of strange landscapes.
Uskoro su ugledali neobične krajolike.
And in one case a dread of something abnormal was mentioned.
A u jednom slučaju spomenut je strah od nečega abnormalnog.
It was from the artists and poets that the pertinent answers came.
Od umjetnika i pjesnika došli su relevantni odgovori.

It is a blessing no one had been able to compare notes.
Blagoslov je što nitko nije mogao usporediti bilješke.
Panic would have broken loose had they shared their visions.
Da su podijelili svoje vizije, zavladala bi panika.
This, however, did not dispel my ingrained skepticism.
To, međutim, nije otklonilo moj ukorijenjeni skepticizam.
Others might have come to mythical conclusions much quicker.
Drugi bi možda mnogo brže došli do mitskih zaključaka.
But the original letters were lacking from the notes.
Ali u bilješkama su nedostajala originalna slova.
I half suspected the compiler of having asked leading questions.
Gotovo sam sumnjao da je sastavljač postavio sugestivna pitanja.
Or perhaps the correspondences weren't entirely original.
Ili možda prepiske nisu bile u potpunosti originalne.
Perhaps my uncle had resolved to confirm Wilcox's dreams.
Možda je moj ujak odlučio potvrditi Wilcoxove snove.
That is why I continued to feel suspicious of the sculptor.
Zato sam i dalje osjećao sumnju prema kiparu.
Perhaps he was still cognizant of my uncle's old data.
Možda je još uvijek bio svjestan starih podataka mog ujaka.
Perhaps he had been imposing on the veteran scientist.
Možda se nametao iskusnom znanstveniku.
Nonetheless, the corroborating data had to be investigated.
Ipak, potkrepljujuće podatke trebalo je istražiti.

***

The responses from the esthetes told a disturbing tale.
Odgovori esteta ispričali su uznemirujuću priču.
From February 28th to April 2nd their dreams aligned.
Od 28. veljače do 2. travnja njihovi su se snovi poklopili.
And a large proportion of them had dreamed very bizarre things.

I veliki dio njih sanjao je vrlo bizarne stvari.

The timing of the intensity of their dreams was also of interest.

Vrijeme intenziteta njihovih snova također je bilo zanimljivo.

The period of the sculptor's delirium marked a highpoint.

Razdoblje kiparovog delirija označilo je vrhunac.

The intensity of their dreams were immeasurably the stronger.

Intenzitet njihovih snova bio je nemjerljivo jači.

Over a quarter reported unfamiliar and unpronounceable sounds.

Više od četvrtine ispitanika prijavilo je nepoznate i neizgovorljive zvukove.

Noises not dissimilar to what Wilcox had also described.

Zvukovi ne različiti od onih koje je Wilcox također opisao.

Some described highly elaborate and impossible architecture.

Neki su opisivali vrlo složenu i nemoguću arhitekturu.

And some of the dreamers confessed to an acute fear.

A neki od sanjara priznali su oštar strah.

Like Wilcox, they had seen some gigantic nameless thing.

Poput Wilcoxa, vidjeli su neku gigantsku bezimenu stvar.

One case, which the note describes with emphasis, was very sad.

Jedan slučaj, koji bilješka opisuje s naglaskom, bio je vrlo tužan.

The subject was a widely known architect of the region.

Subjekt je bio široko poznati arhitekt regije.

He too had leanings toward theosophy and occultism.

I on je bio sklon teozofiji i okultizmu.

This man went violently insane on March the 22nd.

Ovaj čovjek je 22. ožujka nasilno poludio.

The exact same date of young Wilcox's seizure.

Točno isti datum kao i napadaj mladog Wilcoxa.

He expired several months later, after incessant screaming.

Preminuo je nekoliko mjeseci kasnije, nakon neprestanih vrištanja.

He begged to be saved from some escaped denizen of hell.
Molio je da ga spasi od nekog odbjeglog stanovnika pakla.
Regrettably, my uncle did not refer to these cases by name.
Nažalost, moj ujak nije spomenuo te slučajeve po imenu.
Instead, all studies were given nothing more than a number.
Umjesto toga, svim studijama je dodijeljen samo broj.
This way I was limited in attempting any personal investigation.
Na ovaj način sam bio ograničen u pokušaju bilo kakve osobne istrage.
And corroborating the evidence further was demanding.
A daljnje potkrepljivanje dokaza bilo je zahtjevno.
But finally I did succeed in tracing down some cases.
Ali konačno sam uspio pronaći neke slučajeve.
I should have trusted the notes from my uncle.
Trebao sam vjerovati bilješkama svog ujaka.
They reported their dreams true to their reports.
Izvijestili su da su njihovi snovi vjerni njihovim izvještajima.
I have often wondered what they thought the questioning meant.
Često sam se pitao što su mislili da znači to ispitivanje.
It is for the best that no explanation shall ever reach them.
Najbolje je da do njih nikada ne stigne nikakvo objašnjenje.

***

As I have mentioned, my uncle also collected press clippings.
Kao što sam već spomenuo, moj ujak je također skupljao isječke iz novina.
These press clippings corresponded to the dates in question.
Ovi isječci iz novina odgovarali su dotičnim datumima.
The sources were scattered throughout the globe.
Izvori su bili razasuti po cijelom svijetu.
Professor Angell must have employed a cutting bureau.
Profesor Angell je vjerojatno zaposlio ured za rezanje.
Because the number of extracts was tremendous.

Jer je broj izvadaka bio ogroman.

There was a parallel to this part of his research.

Postojala je paralela s ovim dijelom njegovog istraživanja.

Cases of panic, mania, and eccentricity.

Slučajevi panike, manije i ekscentričnosti.

One case was a nocturnal suicide in London.

Jedan slučaj bio je noćno samoubojstvo u Londonu.

A lone sleeper had leaped from a window after a shocking cry.

Usamljeni spavač iskočio je kroz prozor nakon što je zastrašujuće kriknuo.

A rambling letter to the editor of a paper in South America.

Neobično pismo uredniku novina u Južnoj Americi.

A fanatic deduces a dire future from visions he had had.

Fanatik iz vizija koje je imao zaključuje o strašnoj budućnosti.

A dispatch from California describes a theosophist colony.

Depeša iz Kalifornije opisuje teozofsku koloniju.

They donned white robes en masse for some "glorious fulfilment".

Masovno su obukli bijele haljine radi nekog "slavnog ispunjenja".

Although that "glorious fulfilment" never arose.

Iako se to "slavno ispunjenje" nikada nije dogodilo.

There seems to be serious unrest from the natives in India.

Čini se da postoji ozbiljno nezadovoljstvo među domorocima u Indiji.

Voodoo orgies multiplied in Haiti.

Voodoo orgije su se umnožile na Haitiju.

African outposts report ominous mutterings.

Afričke ispostave izvještavaju o zlokobnim mrmljanjama.

American officers in the Philippines find certain tribes bothersome.

Američki časnici na Filipinima smatraju određena plemena smetajućima.

New York policemen are mobbed by hysterical Levantines.

Njujorške policajce okružuju histerični Levantinci.

This occurred exactly on the night of March 22-23.

To se dogodilo točno u noći s 22. na 23. ožujka.
The west of Ireland, too, was full of wild rumor and legendry.
I zapad Irske bio je pun divljih glasina i legendi.
A fantastic painter named Ardois-Bonnot made the news in France.
Fantastični slikar po imenu Ardois-Bonnot dospio je u vijesti u Francuskoj.
He hung a blasphemous dream landscape in the Paris spring salon.
U pariškom proljetnom salonu objesio je bogohulni krajolik iz snova.
The recorded troubles in insane asylums were immeasurable.
Zabilježeni problemi u ludnicama bili su nemjerljivi.
A miracle must have kept the medical fraternities unsuspecting.
Čudo je moralo održati medicinska bratstva nesvjesnima.
But they never noted the strange parallelisms of the cases.
Ali nikada nisu primijetili čudne paralelizme slučajeva.
Else they too would have come to mystified conclusions.
Inače bi i oni došli do zbunjujućih zaključaka.
I must confess these were indeed a set of weird paper cuttings.
Moram priznati da je ovo doista bio skup čudnih izrezaka od papira.
My uncle had put forward a convincing argument.
Moj ujak je iznio uvjerljiv argument.
I can't explain how I set the evidence aside.
Ne mogu objasniti kako sam odbacio dokaze.
But my callous rationalism took the upper hand.
Ali moj bešćutni racionalizam je preuzeo prevlast.
And I was still suspicious of the young sculptor, Wilcox.
I još uvijek sam bio sumnjičav prema mladom kiparu Wilcoxu.
He must have known of the older matters mentioned by the professor.
Morao je znati za starije stvari koje je profesor spomenuo.

The Tale of Inspecter Legrasse
Priča o inspektoru Legrasseu

Let me turn your attention away from the young sculptor.
Dopustite mi da vam skrenem pozornost s mladog kipara.
And let us focus on the second half of the manuscript.
I usredotočimo se na drugu polovicu rukopisa.
A few dreams alone would not have been so significant.
Samo nekoliko snova ne bi bilo toliko značajno.
The bas-relief could have been dismissed as a hoax.
Bareljef se mogao odbaciti kao prijevara.
But my uncle had previously been primed to take interest.
Ali moj ujak je prethodno bio spreman pokazati interes.
Wilcox's dream seemed to have a link to past events.
Wilcoxov san kao da je imao vezu s prošlim događajima.
It wasn't the first time that he had heard that word.
Nije to bio prvi put da je čuo tu riječ.
The ominous syllables perhaps written as "Cthulhu".
Zlokobni slogovi možda napisani kao "Cthulhu".
He had seen and heard of similar descriptions before.
Već je prije vidio i čuo slične opise.
The hellish outlines of the nameless monstrosity.
Pakleni obrisi bezimene nakaze.
He had previously puzzled over the same hieroglyphics.
Prije toga je zbunjivao iste hijeroglife.
All this produced a horrible connection of events.
Sve je to stvorilo užasnu povezanost događaja.
It is no wonder he pursued young Wilcox with queries.
Nije ni čudo što je mladog Wilcoxa progonio pitanjima.
And we must not be surprised he interrogated Wilcox so.
I ne smijemo se iznenaditi što je tako ispitivao Wilcoxa.
This earlier experience had come in the year of 1908.
Ovo ranije iskustvo dogodilo se 1908. godine.
Seventeen years before Wilcox came to my great-uncle.
Sedamnaest godina prije nego što je Wilcox došao kod mog
praujaka.
The archeological society were meeting in St. Louis.

Arheološko društvo sastajalo se u St. Louisu.
Professor Angell had a prominent part in the deliberations.
Profesor Angell imao je istaknutu ulogu u raspravama.
His responsibilities befitted one of his authority.
Njegove odgovornosti odgovarale su čovjeku s njegovim autoritetom .
He was one of the first to be approached by several outsiders.
Bio je jedan od prvih kojemu je prišlo nekoliko stranaca.
They took advantage of the convocation to offer questions.
Iskoristili su sazivanje kako bi postavili pitanja.
They hoped for correct answering from an expert.
Nadali su se točnom odgovoru od stručnjaka.
They each had very peculiar types of problems.
Svaki od njih imao je vrlo specifične probleme.
And they required very different types of solutions.
I zahtijevali su vrlo različite vrste rješenja.
The chief of these was a common-looking middle-aged man.
Vođa njih bio je običan muškarac srednjih godina.
And he quickly became the meeting's focus of interest.
I brzo je postao središte interesa sastanka.

***

He had traveled to St. Louis all the way from New Orleans.
Putovao je u St. Louis čak iz New Orleansa.
He had come to the meeting for special information.
Došao je na sastanak zbog posebnih informacija.
Knowledge that could not be unobtained from local source.
Znanje koje se nije moglo dobiti iz lokalnih izvora.
His name was John Raymond Legrasse, police inspector.
Zvao se John Raymond Legrasse, policijski inspektor.
He bore with him the mysterious subject of his inquiries.
Nosio je sa sobom tajanstveni predmet svojih istraživanja.
A grotesque and apparently very ancient stone statuette.
Groteskna i očito vrlo drevna kamena statueta.
A statuette whose origin no one had been able to determine.

Kipić čije porijeklo nitko nije uspio utvrditi.
But don't assume Inspector Legrasse was an archeologist.
Ali nemojte pretpostavljati da je inspektor Legrasse bio
arheolog.
He had very little interest in archeology, nor mythology.
Vrlo ga nije zanimala arheologija, niti mitologija.
**His wish for enlightenment had rather different
motivations.**
Njegova želja za prosvjetljenjem imala je sasvim drugačije
motive.
**He was prompted to come by purely professional
considerations.**
Na dolazak su ga potaknuli isključivo profesionalni razlozi.
The statuette had been captured as part of a police raid.
Kipić je zaplijenjen tijekom policijske racije.
Although whether it was even a statuette wasn't determined.
Iako nije utvrđeno je li uopće bila riječ o statueti.
It could also have been an idol, magic fetish, or charm.
Mogao je to biti i idol, magični fetiš ili amajlija.
**Whatever it was, it had been captured some months
previously.**
Što god to bilo, uhvaćeno je nekoliko mjeseci ranije.
**A meeting was being held in the wooded swamps of New
Orleans.**
U šumovitim močvarama New Orleansa održavao se sastanak.
**The police had been tipped of about a supposed voodoo
meeting.**
Policija je dobila dojavu o navodnom sastanku vudua.
Strange and hideous rites connected with the voodoo circle.
Čudni i odvratni obredi povezani s vudu krugom.
The police could not but realize what they had stumbled on.
Policija nije mogla ne shvatiti na što su naišli.
A dark cult previously totally unknown to the authorities.
Mračni kult koji je prethodno bio potpuno nepoznat vlastima.
Infinitely more sinister than what an outsider could expect.
Beskrajno zlokobnije nego što bi autsajder mogao očekivati.

More diabolic than the blackest of the African voodoo circles.
Đavolskiji od najcrnjeg afričkog vudu kruga.
Unbelievable tales were extorted from the captured cult members.
Od zarobljenih članova kulta iznuđivane su nevjerojatne priče.
But nothing of the relic's origin could be discovered.
Ali ništa o podrijetlu relikvije nije se moglo otkriti.
Hence the anxiety of the police for any antiquarian lore.
Otuda i zabrinutost policije za bilo kakvo antikvarno znanje.
Ancient mythology might explain the frightful symbol.
Drevna mitologija bi mogla objasniti taj strašni simbol.
Deeper knowledge could perhaps track the fountain-head.
Dublje znanje možda bi moglo pratiti izvor.
Inspector Legrasse was not prepared for the excitement he created.
Inspektor Legrasse nije bio spreman na uzbuđenje koje je izazvao.
One sight of the mysterious object was all that was required.
Jedan pogled na misteriozni objekt bio je sve što je bilo potrebno.
The assembled men of science were filled with curiosity.
Okupljeni znanstvenici bili su ispunjeni znatiželjom.
They lost no time in crowding closely around the inspector.
Nisu gubili vrijeme i čvrsto su se okupili oko inspektora.
And they all tried to get the best look at the diminutive figure.
I svi su se trudili što bolje pogledati sićušnu figuru.

***

The genuinely abysmal antiquity inspired wild imagination.
Uistinu bezdana starina nadahnula je bujnu maštu.
The strangeness hinted so potently at unopened and archaic vistas.
Neobičnost je tako snažno nagovještavala neotvorene i arhaične vidike.

No recognized school of sculpture had animated this terrible object.
Nijedna priznata kiparska škola nije oživjela ovaj strašni objekt.
Yet centuries seemed recorded in the dim and greenish surface.
Pa ipak, stoljeća su se činila zabilježenima u tamnoj i zelenkastoj površini.
Perhaps thousands of years were hidden in this unplaceable stone.
Možda su tisuće godina bile skrivene u ovom nepomičnom kamenu.
The figurine was finally passed slowly from man to man.
Figurica je konačno polako predavana od čovjeka do čovjeka.
Each scientist carefully studied the strange markings of the stone.
Svaki je znanstvenik pažljivo proučavao neobične oznake na kamenu.
The work was between seven and eight inches in height.
Rad je bio visok između sedam i osam inča.
And the exquisite artistic workmanship must be noted.
I treba istaknuti izvrsnu umjetničku izradu.
The carvings represented a monster of vaguely anthropoid outline.
Rezbarije su predstavljale čudovište nejasno antropoidnog oblika.
On the face of the octopus-esque head was a mass of feelers.
Na licu glave nalik hobotnici bila je masa pipalica.
Prodigious claws on hind and fore feet protruded from the body.
Ogromne kandže na stražnjim i prednjim nogama stršile su iz tijela.
The bloated corpulence had a rubbery looking quality to it.
Napuhana korpulencija imala je gumenast izgled.
And from behind the rubbery body came out two narrow wings.
A iza gumenog tijela izašla su dva uska krila.

It would be instinctual to think of this thing as fearsome.
Instinktivno bi bilo smatrati ovu stvar zastrašujućom.
There was an unnatural malignancy to the aura of the creature.
U auri stvorenja bila je neka neprirodna zloćudnost.
The gargantuan squatted evilly on a rectangular block.
Gigantski je zlobno čučnuo na pravokutnom bloku.
The pedestal it was on was covered with undecipherable characters.
Postolje na kojem je stajalo bilo je prekriveno nerazumljivim znakovima.
The tips of the wings touched the back edge of the block.
Vrhovi krila dodirivali su stražnji rub bloka.
The creature was sitting on the middle of the giant block.
Stvorenje je sjedilo na sredini divovskog bloka.
Its legs were doubled up under its monstrous body.
Noge su mu bile savijene ispod monstruoznog tijela.
The long, curved claws gripped the front edge of the cliff.
Duge, zakrivljene kandže uhvatile su prednji rub litice.
The cephalopod head was bent forward, observing its kingdom.
Glava glavonošca bila je nagnuta naprijed, promatrajući svoje carstvo.
The ends of the facial feelers brushed the backs of huge forepaws.
Vrhovi ticala na licu okrznuli su stražnje strane ogromnih prednjih šapa.
And the forepaws clasped the croucher's elevated knees.
A prednje šape su obgrlile podignuta koljena čučećeg.
The appearance of the grotesque scene was abnormally lifelike.
Izgled groteskne scene bio je neuobičajeno realističan.
But this lifelike quality only added a subtle reason to be more fearful.
Ali ova realistična kvaliteta samo je dodala suptilan razlog za veći strah.
Because we knew nothing about the source of the depiction.

Jer nismo znali ništa o izvoru prikaza.

The creature's vast, awesome, and incalculable age was unmistakable.

Ogromna, strahovita i neizmjerna starost stvorenja bila je nepogrešiva.

But not one link did the depiction show with any known type of art.

Ali prikaz nije pokazao nijednu poveznicu s bilo kojom poznatom vrstom umjetnosti.

Not even the earliest civilizations made reference to this creature.

Čak ni najranije civilizacije nisu spominjale ovo stvorenje.

But that is not the only point at which our knowledge failed us.

Ali to nije jedina točka u kojoj nas je naše znanje iznevjerilo.

***

The mineralogy of the stone was also a complete mystery.

Mineralogija kamena također je bila potpuna misterija.

Gold specks dotted the soapy, greenish-black stone.

Zlatne mrlje bile su razasute po sapunastom, zelenkastocrnom kamenu.

Iridescent striations ran along the length of the stone.

Prelijevajući se tragovi protezali su se duž cijele duljine kamena.

In short, the stone resembled nothing within mineralogy.

Ukratko, kamen nije nalikovao ničemu u mineralogiji.

Geologists hadn't been able to identify the stone either.

Ni geolozi nisu uspjeli identificirati kamen.

The hieroglyphs along the stone were equally baffling.

Hijeroglifi duž kamena bili su jednako zbunjujući.

The writing system was horribly different than other scripts.

Sustav pisanja bio je užasno drugačiji od ostalih pisama.

A representation of half the world's leading experts was present.

Bio je prisutan predstavnik polovice vodećih svjetskih stručnjaka.

But no link to any known writing system could be established.

Ali nije se mogla uspostaviti veza ni s jednim poznatim sustavom pisanja.

Everything frightfully suggested an old and unhallowed cycle of life.

Sve je zastrašujuće ukazivalo na stari i nečasni ciklus života.

A history in which our world and our conceptions played no part.

Povijest u kojoj naš svijet i naše koncepcije nisu igrale nikakvu ulogu.

The experts shook their heads, admitting they had been defeated.

Stručnjaci su odmahnuli glavom, priznajući da su poraženi.

But one expert did not give up quite so quickly.

Ali jedan stručnjak nije tako brzo odustao.

He claimed to have a touch of bizarre familiarity with the subject.

Tvrdio je da ima pomalo bizarno znanje o toj temi.

The monstrous shape and writing weren't entirely new to him.

Monstruozni oblik i rukopis nisu mu bili posve novi.

With some diffidence he told of the odd trifle he knew.

S određenom sramežljivošću ispričao je o neobičnoj sitnici koju je znao.

This person was the late William Channing Webb.

Ta je osoba bio pokojni William Channing Webb.

He was professor of anthropology in Princeton University.

Bio je profesor antropologije na Sveučilištu Princeton.

And he was an explorer of no small significance.

I bio je istraživač od ne malog značaja.

***

Forty-eight years ago he was exploring Greenland and Iceland.

Prije četrdeset osam godina istraživao je Grenland i Island.

His group were in search of some Runic inscriptions.

Njegova grupa je tražila neke runske natpise.

But the expedition failed to unearth any inscriptions.

Ali ekspedicija nije uspjela iskopati nikakve natpise.

They trekked the heights of West Greenland's coasts.

Pješačili su uzbrdo na obalama zapadnog Grenlanda.

Here they encountered a strange cult of degenerate Eskimos.

Ovdje su naišli na čudan kult degeneriranih Eskima.

Their religion consisted of a form of devil-worship.

Njihova religija sastojala se od oblika obožavanja đavola.

And their rituals were deliberately bloodthirsty and repulsive.

A njihovi rituali bili su namjerno krvožedni i odbojni.

It was a faith of which other Eskimos knew little.

Bila je to vjera o kojoj drugi Eskimi nisu mnogo znali.

Locals shuddered at the mention of their practices.

Mještani su se naježili pri spomenu njihovih običaja.

They said their believes came from horribly ancient eons.

Rekli su da njihova vjerovanja potječu iz strašno davnih eona.

A time before the world as we know it now had ever been made.

Vrijeme prije nego što je svijet kakav danas poznajemo ikada bio stvoren.

There were human sacrifices and queer hereditary rituals.

Bilo je ljudskih žrtava i neobičnih nasljednih rituala.

And all their worship was directed at a supreme tornasuk.

I svo njihovo štovanje bilo je usmjereno prema vrhovnom tornasuku .

Professor Webb had taken a phonetic copy from an aged angekok.

Profesor Webb je uzeo fonetsku kopiju od ostarjelog angekoka.

He had transcribed the wizard-priest's chants as best he could.

Prepisao je napjeve čarobnjaka-svećenika najbolje što je mogao.

But currently these transcriptions weren't of prime significance.

Ali trenutno ovi transkripcije nisu bile od primarne važnosti.

The cult had a cherished stone that they worshipped.

Kult je imao dragocjeni kamen koji su obožavali.

They danced wildly when the aurora leaped over the ice cliffs.

Divlje su plesali kad je aurora preskočila ledene litice.

And in the midst of their dance was the strange stone.

I usred njihova plesa nalazio se onaj čudni kamen.

It was, the professor stated, a very crude bas-relief of stone.

Bio je to, izjavio je profesor, vrlo grub bareljef od kamena.

The stone comprised a hideous picture and some cryptic writing.

Kamen se sastojao od užasne slike i nekog zagonetnog natpisa.

And as far as he could tell this stone was a rough parallel.

I koliko je on mogao procijeniti, ovaj kamen je bio otprilike paralelan.

The stone had all the same essential features of bestial things.

Kamen je imao sve iste bitne karakteristike životinjskih stvorenja.

The scientists received this data with suspense and astonishment.

Znanstvenici su ove podatke primili s napetošću i čuđenjem.

Even Inspector Legrasse had quickly gained an interest in mythology.

Čak se i inspektor Legrasse brzo zainteresirao za mitologiju.

And he began at once to ply his informant with questions.

I odmah je počeo obasipati svog doušnika pitanjima.

He had notes of the oral ritual of the cult-worshipers in the swamp.

Imao je bilješke o usmenom ritualu štovatelja kulta u močvari.

He besought the professor to remember the diabolist Eskimos' chants.

Molio je profesora da se sjeti đavolskih eskimskih napjeva.
There then followed an exhaustive comparison of details.
Zatim je uslijedila iscrpna usporedba detalja.
And there then followed a moment of really awed silence.
A onda je uslijedio trenutak doista zadivljujuće tišine.
The Eskimo wizards and the Louisiana swamp-priests were worlds apart.
Eskimski čarobnjaci i močvarni svećenici iz Louisiane bili su potpuno različiti svjetovi.
And yet there was a phrase the two hellish rituals had in common.
Ipak, postojala je fraza koju su ta dva paklena rituala imala zajedničku.
"Ph'nglui mglw'nafh Cthulhu R'lyeh wgah'nagl fhtagn."
" P'nglui" mglw'nafh Cthulhu R'lyeh wgah'nagl oznaka " fhtagn ".

***

Legrasse had one advantage over Professor Webb.
Legrasse je imao jednu prednost nad profesorom Webbom.
He had spoken to several of his mongrel prisoners.
Razgovarao je s nekoliko svojih zatvorenika mješanaca.
Some of them had passed on the phrase's meaning.
Neki od njih su prenijeli značenje fraze.
"In his house at R'lyeh dead Cthulhu waits dreaming."
"U svojoj kući u R'lyehu mrtvi Cthulhu čeka i sanja."
So the attention turned back to Inspector Legrasse.
Tako se pozornost ponovno usmjerila na inspektora Legrassea
.
And he was probed with many disconnected questions.
I ispitivali su ga mnogim nepovezanim pitanjima.
He detailed his experience with the worshipers from the swamp.
Detaljno je opisao svoje iskustvo s štovateljima iz močvare.
My uncle attached profound significance to the story.
Moj ujak je pridavao duboku važnost toj priči.

The report savored of the wildest dreams of myth-makers.
Izvještaj je mirisao najluđim snovima tvoraca mitova.
Theosophists could not have provided more imagination.
Teozofi nisu mogli pružiti više mašte.
But the philosophies came from unexpected sources.
Ali filozofije su dolazile iz neočekivanih izvora.
Half-castes and pariahs told these fantastical stories.
Mješanci i parije pričali su ove fantastične priče.
On November 1st, 1907, his chain of events unfolded.
Prvog studenog 1907. godine odvijao se njegov niz događaja.
The New Orleans police received desperate calls.
Policija New Orleansa primila je očajničke pozive.
They were called to the swamp and lagoon country to the south.
Pozvani su u močvare i lagune na jugu.
The settlers there were mostly primitive, but good-natured.
Doseljenici su tamo uglavnom bili primitivni, ali dobrodušni.
Most living by the swamp were descendants of Lafitte's men.
Većina onih koji su živjeli uz močvaru bili su potomci Lafitteovih ljudi.
But now they were in the grip of stark terror.
Ali sada su bili u kandžama silnog terora.
An unknown thing had stolen upon them in the night.
Nešto nepoznato ih je ukralo u noći.
It was voodoo, apparently, that caused the disturbance.
Očito je vudu uzrokovao poremećaj.
But it was a voodoo unlike the other forms of voodoo.
Ali to je bio vudu za razliku od drugih oblika vudua.
Voodoo of a more terrible sort than they had ever known.
Vudu strašnije vrste nego što su ikada poznavali.
Some of their women and children had disappeared.
Neke od njihovih žena i djece su nestale.
A malevolent drumming had begun its incessant beating.
Zlobno bubnjanje počelo je neprestano udarati.
Far and deep within those dark, black haunted woods.
Daleko i duboko u tim mračnim, crnim ukletim šumama.

There, where no dweller dared to ventured close to.
Tamo, gdje se nijedan stanovnik nije usudio približiti.
There were insane shouts and harrowing screams.
Čuli su se luđački krici i protresni krici.
Soul-chilling chants and dancing devil-flames.
Pjesme koje lede dušu i ples đavolskih plamenova.
The messenger and his people could stand it no more.
Glasnik i njegovi ljudi više nisu mogli izdržati.
A body of twenty police set out in the late afternoon.
Kasno poslijepodne krenula je skupina od dvadeset policajaca.
And a shivering settler came with them as a guide.
I drhtavi doseljenik došao je s njima kao vodič.

***

At the end of the passable road they alighted.
Na kraju prohodne ceste su sišli.
For miles and miles they splashed on in silence.
Kilometrima i kilometrima pljuskali su u tišini.
And they went on through the terrible cypress woods.
I nastavili su kroz strašnu šumu čempresa.
Dark, dark woods in which day but almost never came.
Tamne, tamne šume u kojem danu, ali gotovo nikad nije došlo.
Ugly roots set traps for them in the wet ground.
Ružno korijenje postavlja im zamke u vlažnom tlu.
Malignant hanging nooses of Spanish moss beset them.
Zloćudne viseće omče španjolske mahovine okružuju ih.
In the distance the settlement slowly came into sight.
U daljini se naselje polako pojavljivalo.
Hysterical dwellers ran out of the miserable huts.
Histerični stanovnici istrčali su iz bijednih koliba.
They clustered around the group of bobbing lanterns.
Okupili su se oko skupine njišućih lampiona.
Far, far ahead the cause of all the fear could be heard.
Daleko, daleko naprijed mogao se čuti uzrok sveg straha.
The muffled beat of drums was now faintly audible.
Prigušeni udarci bubnjeva sada su se jedva čuli.

At times the wind shifted and revealed different sounds.
Povremeno se vjetar mijenjao i otkrivao drugačije zvukove.
Curdling shrieks were audible at infrequent intervals.
Zgrušavajući se krici čuli su se u rijetkim intervalima.
A reddish glare seemed to filter through the undergrowth.
Crvenkasti odsjaj kao da se probijao kroz grmlje.
The settlers were reluctant to be left alone again.
Doseljenici nisu htjeli ponovno biti ostavljeni na miru.
But they point blank refused to move forwards either.
Ali oni su otvoreno odbili krenuti naprijed.
So the inspector and his colleagues plunged on unguided.
Tako su inspektor i njegovi kolege krenuli dalje bez nadzora.
And they went into the black arcades of horror.
I ušli su u crne arkade užasa.
The region was one of traditionally evil repute.
Regija je tradicionalno imala loš ugled.
The lands were substantially unknown by white men.
Bijeli ljudi uglavnom nisu poznavali te zemlje.
Not many explorers had traversed those regions yet.
Nije mnogo istraživača još proputovalo te regije.
There were also legends of a hidden away lake.
Postojale su i legende o skrivenom jezeru.
A body of water still unglimpsed by mortal sight.
Vodena površina još uvijek nevidljiva smrtnim očima.
In the lake it was said there dwelt a strange creature.
Pričalo se da u jezeru živi čudno stvorenje.
A huge, formless white polypous thing with luminous eye.
Ogromna, bezoblična bijela polipozna stvar sa sjajnim okom.
And settlers whispered about bat-winged devils.
I doseljenici su šaputali o vragovima s krilima šišmiša.
They flew up out of caverns from the inner earth.
Izletjeli su iz pećina unutarnje Zemlje.
And together the demons worship it at midnight.
I zajedno ga demoni obožavaju u ponoć.
They said it had been there before D'Iberville.
Rekli su da je to bilo tamo prije D'Ibervillea.
They said it had been there before La Salle too.

Rekli su da je to bilo tamo i prije La Sallea.
They said it was there before the Native Americans.
Rekli su da je to bilo tamo prije Indijanaca.
Perhaps it was even there before the wholesome beasts.
Možda je bilo tamo čak i prije zdravih zvijeri.
It was a nightmare itself that made men dream.
Bila je to sama noćna mora koja je tjerala muškarce da sanjaju.
And to see the thing was the same as death.
A vidjeti tu stvar bilo je isto što i smrt.
And so they had enough warning to know to keep away.
I tako su imali dovoljno upozorenja da znaju da se drže podalje.
Because it was indeed where they were warned it was.
Jer je doista bilo tamo gdje su bili upozoreni.
The voodoo orgy was on the fringe of this abhorred area.
Voodoo orgija bila je na rubu ovog omraženog područja.
But the location was already bad enough by itself.
Ali lokacija je već sama po sebi bila dovoljno loša.
The voodoo activities only added to the horror.
Voodoo aktivnosti su samo pojačale užas.
Perhaps poetry could do justice to the noises heard.
Možda bi poezija mogla odati pravdu zvukovima koji su se čuli.
Otherwise only madness would help one understand.
Inače bi samo ludost pomogla čovjeku da shvati.
But Legrasse's plowed on through the black morass.
Ali Legrasse je nastavio orati kroz crnu močvaru.
The sound of the muffled drumming slowly crystalized.
Zvuk prigušenog bubnjanja polako se kristalizirao.
And they continued steadily towards the red glare.
I nastavili su postojano prema crvenom odsjaju.

***

There are vocal qualities specific to men.
Postoje vokalne kvalitete specifične za muškarce.
And there are vocal qualities specific to beasts.

I postoje vokalne kvalitete specifične za zvijeri.
It is terrible when one makes the sounds of the other.
Strašno je kad jedno ispušta zvukove drugog.
Animal fury freed them of their human restraint.
Životinjski bijes ih je oslobodio njihove ljudske sputanosti.
Orgiastic license whipped them into demoniac heights.
Orgijastična razuzdanost ih je bičevala u demonske visine.
Howls that tore through those perpetually dark woods.
Zavijanja koja su probijala te vječno mračne šume.
Squawking ecstasies that echoed in everyone's mind.
Kreštavi zanos koji je odjekivao u svačijem umu.
Sounds like pestilential tempests from the gulfs of hell.
Zvuči kao kužne oluje iz paklenih ponora.
Now and then the less organized ululations would cease.
S vremena na vrijeme bi prestalo manje organizirano jaukanje.
A well-drilled chorus of hoarse voices rose in singsong.
Dobro uvježban zbor promuklih glasova uzdigao se u pjevu.
And they chanted that hideous phrase of their ritual.
I pjevali su tu odvratnu frazu svog rituala.
"Ph'nglui mglw'nafh Cthulhu R'lyeh wgah'nagl fhtagn"
" P'nglui" mglw'nafh Cthulhu R'lyeh wgah'nagl oznaka "
Then the men reached a spot where the trees were sparser.
Tada su muškarci stigli do mjesta gdje je drveće bilo rjeđe.
Suddenly they come in sight of the spectacle itself.
Odjednom se nađu pred očima samog spektakla.
Four of them reeled from the horrible things they saw.
Četvero ih se zgrozilo od strašnih stvari koje su vidjeli.
One man fainted, and two were shaken into a frantic cry.
Jedan je čovjek pao u nesvijest, a dvojica su od potresa
prasnula u frenetični plač.
Fortunately their screams were not heard by other ears.
Srećom, njihove vriske nisu čule druge uši.
The mad cacophony of the orgy deadened their screams.
Luda kakofonija orgije prigušila je njihove vriske.
Legrasse splashed swamp water on the fainting man.
Legrasse je polio močvarnu vodu po čovjeku koji se
onesvijestio.

They stood up again, but nearly hypnotized with horror.
Ponovno su ustali, ali gotovo hipnotizirani od užasa.
In a natural glade of the swamp stood a grassy island.
Na prirodnoj čistini močvare stajao je travnati otok.
The grassy island extended perhaps for an acre.
Travnati otok protezao se možda za čitav jutar.
And the area was clear of trees and tolerably dry.
I područje je bilo čisto od drveća i podnošljivo suho.
A horde of human abnormality leaped and twisted.
Horda ljudske abnormalnosti skakala je i uvijala se.
No Sime could paint what the men were seeing.
Nijedan Sime nije mogao naslikati ono što su muškarci vidjeli.
No Angarola has ever painted such an indescribable scene.
Nijedan Angarola nikada nije naslikao tako neopisiv prizor.
The hybrid spawn made a monstrous ring-shaped bonfire.
Hibridni mrijest napravio je monstruoznu lomaču u obliku
prstena.
They brayed bellowed and writhed about in their nudity.
Rikali su, urlali i migoljili se u svojoj golotinji.
Occasionally there were rifts in the curtain of flame.
Povremeno su se u plamenoj zavjesi pojavljivale pukotine.
And there the object of their worship revealed itself.
I tu se otkrio predmet njihova obožavanja.
In the midst of the fire stood a great granite monolith.
Usred vatre stajao je veliki granitni monolit.
The stone structure was only about eight feet in height.
Kamena građevina bila je visoka samo oko osam stopa.
And the noxious carven statuette rested on the monolith.
I otrovni isklesani kipić počivao je na monolitu.
The idle was almost incongruous in its diminutiveness.
Besposlenost je bila gotovo neskladna u svojoj sićušnosti.
Spaced evenly, scaffolds had been erected around the fire.
Oko vatre su bile podignute skele, ravnomjerno raspoređene.
From the scaffolding hung a number of marred bodies.
Sa skela je visjelo nekoliko izunakaženih tijela.
The bodies of those that had disappeared from nearby.
Tijela onih koji su nestali iz obližnjih krajeva.

It was inside this circle the ring of worshipers were.
nalazili su se vjernici .
And they roared and jumped in the frantic trance.
I urlali su i skakali u frenetičnom transu.
The general direction of the motion was anti-clockwise.
Opći smjer kretanja bio je suprotan od kazaljke na satu.
The ring of bodies circling around the ring of fire.
Prsten tijela kruži oko vatrenog prstena.
One man recollected other details even more concerning.
Jedan se čovjek prisjetio drugih, još zabrinjavajućih detalja.
But perhaps the echoes induced him to hear other things.
Ali možda su ga odjeci naveli da čuje i druge stvari.
He fancied he heard antiphonal responses to the ritual.
Učinilo mu se da čuje antifonalne odgovore na ritual.
Noises from an unillumined spot deeper within the woods.
Zvukovi iz neosvijetljenog mjesta dublje u šumi.
This man, Joseph D. Galvez, I later met and questioned.
Tog čovjeka, Josepha D. Galveza, kasnije sam upoznao i ispitivao.
And he proved to indeed be distractingly imaginative.
I pokazao se doista uznemirujuće maštovitim.
He even hinted at the faint beating of great wings.
Čak je nagovijestio slabo mahanje velikih krila.
And he suggested there was a glimpse of shining eyes.
I predložio je da se nazirao sjajni pogled.
And beyond the trees, a mountainous white bulk of something.
A iza drveća, planinska bijela masa nečega.
I suppose he had heard too much native superstition.
Pretpostavljam da je čuo previše domorodačkog praznovjerja.
But actually the horrified pause was relatively brief.
Ali zapravo je užasnuta pauza bila relativno kratka.
Duty came first, and they had come to do a job.
Dužnost je bila na prvom mjestu, a oni su došli obaviti posao.

***

There must have been nearly a hundred mongrel celebrants.
Moralo je biti gotovo stotinu mješanaca koji su slavili.
But the police were able to rely on their firearms.
Ali policija se mogla osloniti na svoje vatreno oružje.
And they plunged determinedly into the nauseous rout.
I odlučno su se zaletjeli u mučnu pobunu.
For five minutes the chaotic din was beyond description.
Pet minuta kaotična buka bila je neopisiva.·
Wild blows were struck and shots were fired.
Zadavali su se divlji udarci i ispaljivali su se pucnji.
Some escaped arrest by running into the darkness.
Neki su izbjegli uhićenje pobjegavši u tamu.
They had a better knowledge of the layout of the swamp.
Imali su bolje znanje o rasporedu močvare.
But Legrasse and his men caught around half of them.
Ali Legrasse i njegovi ljudi uhvatili su oko pola njih.
And they counted around forty-seven sullen prisoners.
I izbrojali su oko četrdeset i sedam mrzovoljnih zatvorenika.
They were forced to put on their clothes again.
Bili su prisiljeni ponovno obući odjeću.
And they fell into line between two rows of policemen.
I postrojili su se između dva reda policajaca.
Five of the worshipers lay dead by the fire.
Petero vjernika ležalo je mrtvo kraj vatre.
Two severely wounded prisoners were carried away.
Odvedena su dva teško ranjena zarobljenika.
Of course the image on the monolith was removed.
Naravno, slika na monolitu je uklonjena.
Legrasse himself took the evidence to the police station.
Legrasse je sam odnio dokaze u policijsku postaju.
The trip back to the headquarters was of intense strain.
Put natrag u sjedište bio je izuzetno naporan.
The men were examined when they got back to civilization.
Muškarci su pregledani kada su se vratili u civilizaciju.
The prisoners all proved to be men of a very low type.
Svi zatvorenici pokazali su se kao ljudi vrlo niskog kalibra.
They were all mixed-blooded, and mentally aberrant.

Svi su bili miješane krvi i mentalno poremećeni.
Most were seamen by trade, or some similar professions.
Većina su bili pomorci po struci ili nekim sličnim
zanimanjima.
Negroes and mulattoes were sprinkled among them.
Među njima su bili razasuti crnci i mulati.
But most seemed to be West Indians or Brava Portuguese.
Ali većina se činila kao da su Zapadnoindijski ili bravski
Portugalci.
They primarily came from the Cape Verde Islands.
Uglavnom su dolazili s otoka Zelenortski Otoci.
They gave the heterogeneous cult a coloring of voodooism.
Dali su heterogenom kultu boju vuduizma.
But there wasn't even a need to ask too many questions.
Ali nije bilo ni potrebe postavljati previše pitanja.
The conclusion quickly became manifest by itself.
Zaključak je brzo postao očit sam od sebe.
Something far deeper than negro fetishism was involved.
Bilo je u pitanju nešto daleko dublje od crnačkog fetišizma.
Although ignorant, but their story was consistent.
Iako neupućeni, njihova je priča bila dosljedna.
The creatures all spoke of the same central idea.
Sva stvorenja govorila su o istoj središnjoj ideji.
They certainly all shared the same loathsome faith.
Svakako su svi dijelili istu odvratnu vjeru.
They worshiped, so they said, the great old ones.
Obožavali su, tako su rekli, velike starce.
The great old ones lived long before there were any men.
Veliki starci živjeli su mnogo prije nego što su se pojavili ljudi.
And they came to the young world out of the sky.
I došli su u mladi svijet s neba.
Those old ones were now gone, they explained.
Ti stari su sada nestali, objasnili su.
They were now inside the earth and under the sea.
Sada su bili unutar zemlje i pod morem.
But their dead bodies found ways to tell their secrets.

Ali njihova mrtva tijela pronašla su načine da otkriju svoje tajne.

They whispered into the dreams of the first men.

Šaptali su u snove prvih ljudi.

And the first men formed a cult which has never died.

I prvi ljudi su osnovali kult koji nikada nije umro.

***

The cult had always existed, and always would exist.

Kult je oduvijek postojao i uvijek će postojati.

Their followers were hidden in wastes all over the world.

Njihovi sljedbenici bili su skriveni u pustošima diljem svijeta.

Their followers were in dark places explorers overlooked.

Njihovi sljedbenici bili su na mračnim mjestima koje su istraživači previdjeli.

And they would remain hidden until they were called.

I ostali bi skriveni dok ih ne pozovu.

When the great priest Cthulhu rises again to the surface.

Kad se veliki svećenik Cthulhu ponovno uzdigne na površinu.

When Cthulhu brings the earth again beneath his sway.

Kad Cthulhu ponovno stavi zemlju pod svoju vlast.

When Cthulhu leaves from his dark house in the mighty city of R'lyeh.

Kad Cthulhu napušta svoju mračnu kuću u moćnom gradu R'lyehu .

Some day he was going call, when the stars were ready.

Jednog dana će nazvati, kada zvijezde budu spremne.

And the secret cult will always be waiting to liberate him.

I tajni kult će uvijek čekati da ga oslobodi.

Meanwhile, no more of his story must be told.

U međuvremenu, više se ništa od njegove priče ne smije ispričati.

There was a secret even torture could not extract.

Postojala je tajna koju čak ni mučenje nije moglo izvući.

Mankind was not alone among the conscious things of earth.

Čovječanstvo nije bilo jedino među svjesnim stvarima na Zemlji.

Because shapes came out of the dark to visit the faithful few.

Jer su se oblici pojavili iz tame kako bi posjetili nekolicinu vjernih.

But these were not the great old ones.

Ali to nisu bili oni veliki stari.

No man had ever seen the great old ones.

Nitko nikada nije vidio one velike stare.

The carven idol was of great Cthulhu.

Izrezbareni idol bio je od velikog Cthulhua.

None could say whether the others were like him.

Nitko nije mogao reći jesu li ostali poput njega.

No one could read the old writing now.

Nitko sada nije mogao pročitati stari rukopis.

Instead, things were told by word of mouth.

Umjesto toga, stvari su se pričale usmenom predajom.

The chanted ritual was not the secret.

Pjevani ritual nije bio tajna.

The secret was never spoken aloud, only whispered.

Tajna se nikada nije izgovarala naglas, samo se šaptala.

The chant meant one thing, and one thing alone:

Pjevanje je značilo samo jedno, i samo jedno:

"In his house at R'lyeh dead Cthulhu waits dreaming."

"U svojoj kući u R'lyehu mrtvi Cthulhu čeka i sanja."

Only two of the prisoners were found sane enough to be hanged.

Samo dvojica zatvorenika su proglašena dovoljno uračunljivima da budu obješena.

The rest of them were committed to various institutions.

Ostali su bili smješteni u razne institucije.

All denied to have taken any part in the ritual murders.

Svi su negirali da su sudjelovali u ritualnim ubojstvima.

They said the killing had been done by something else.

Rekli su da je ubojstvo počinio nešto drugo.

"The black-winged ones," the each insisted, separately.

„Crnokrili", inzistirali su svaki zasebno.

They had come to them from their immemorial meeting-place.
Došli su k njima s njihovog davno zapamćenog mjesta sastajanja.
They had arisen out from the haunted woodlands.
Izronili su iz ukletih šuma.
But the stories of mysterious allies were inconsistent.
Ali priče o misterioznim saveznicima bile su nedosljedne.

***

What the police did extract came mainly from one man.
Ono što je policija izvukla uglavnom je došlo od jednog čovjeka.
An immensely aged mestizo named Castro.
Iznimno ostarjeli mestiz po imenu Castro.
He claimed to have sailed to strange ports.
Tvrdio je da je plovio u čudne luke.
And he said he had been to the mountains of China.
I rekao je da je bio u planinama Kine.
There he talked with undying leaders of the cult.
Tamo je razgovarao s besmrtnim vođama kulta.
Old Castro remembered bits of hideous legend.
Stari Castro se sjećao dijelova užasne legende.
His legends paled the speculations of theosophists.
Njegove legende su zasjenile nagađanja teozofa.
His stories made man seem like a recent creation.
Njegove priče činile su da čovjek izgleda kao nedavna kreacija.
Even the world was transient in his account of things.
Čak je i svijet bio prolazan u njegovom prikazu stvari.
There had been eons when other Things ruled on the earth.
Bilo je eona kada su druge Stvari vladale zemljom.
And they had had great cities here on the earth.
I imali su velike gradove ovdje na zemlji.
The deathless Chinamen told him reserved secrets.
Besmrtni Kinezi su mu povjeravali tajne.

He had told him their ruins could still be found.
Rekao mu je da se njihove ruševine još uvijek mogu pronaći.
There were still Cyclopean stones on islands in the Pacific.
Na otocima u Tihom oceanu još je uvijek bilo kiklopskog kamenja.
They all died vast epochs of time before man came.
Svi su umrli goleme epohe vremena prije dolaska čovjeka.
But there were knowledges and practices in ancients arts.
Ali u drevnim umjetnostima postojala su znanja i prakse.
Special rituals which could revive them again, in time.
Posebni rituali koji bi ih s vremenom mogli ponovno oživjeti.
In the cycle of eternity their return was inevitable.
U ciklusu vječnosti njihov povratak bio je neizbježan.
When the stars come round again to the right positions
Kad se zvijezde ponovno okrenu na prave pozicije
They had, indeed themselves come from the stars.
Oni su, doista, i sami došli sa zvijezda.
"These great old ones," Castro continued.
„Ovi sjajni stari", nastavio je Castro.
They were not composed entirely of flesh and blood.
Nisu bili u potpunosti sastavljeni od mesa i krvi.
They had shape," Castro insisted, confidently.
"Imali su oblik", uvjereno je inzistirao Castro.
And he had strange proof for what he believed.
I imao je neobičan dokaz za ono u što je vjerovao.
But the shape they took on was not made of matter.
Ali oblik koji su poprimili nije bio napravljen od materije.
When the stars were in their right positions.
Kad su zvijezde bile na svojim pravim položajima.
Then they could plunge from one world to another.
Tada bi mogli skočiti iz jednog svijeta u drugi.
Because they can move themselves through the sky.
Jer se mogu sami kretati po nebu.
But when the stars were wrong, they cannot live.
Ali kad su zvijezde bile u krivu, ne mogu živjeti.
And it is true that they no longer live like we do.
I istina je da više ne žive kao mi.

But despite that, they never really die either.
Ali unatoč tome, oni nikada zapravo ne umiru.
They rest in stone houses in their great city of R'lyeh.
Počivaju u kamenim kućama u svom velikom gradu R'lyehu .
They are preserved by the spells of mighty Cthulhu.
Sačuvani su čarolijama moćnog Cthulhua.
So there they lie, unaffected by the passing of time.
Tako leže ondje, netaknuti protokom vremena.
And they wait for another glorious resurrection.
I čekaju još jedno slavno uskrsnuće.
When the stars and earth are ready for them again.
Kad zvijezde i zemlja ponovno budu spremne za njih.
But they are still dependent on an outside force.
Ali oni su i dalje ovisni o vanjskoj sili.
A force from outside served to liberate their bodies.
Sila izvana poslužila je za oslobađanje njihovih tijela.
The spells preserved them and kept them intact.
Čarolije su ih sačuvale i održale netaknutima.
But the spells also kept them from breaking free.
Ali čarolije su ih također spriječile da se oslobode.
So they could only lie awake in the dark and think.
Tako su mogli samo ležati budni u mraku i razmišljati.

*****

In the meantime uncounted millions of years rolled by.
U međuvremenu su prošli nebrojeni milijuni godina.
They knew all that was occurring in the universe.
Znali su sve što se događa u svemiru.
Because their mode of speech was transmitted thought.
Jer je njihov način govora bio prenošenje misli.
Even now they were talking in their tombs.
Čak i sada su razgovarali u svojim grobnicama.
Then, after infinities of chaos, the first men came.
Tada, nakon beskonačnog kaosa, došli su prvi ljudi.
The great old ones spoke to the sensitive among them.
Veliki starci govorili su osjetljivima među njima.

They spoke to them by molding their dreams.
Govorili su im oblikujući njihove snove.
Only that way could their language reach the fleshly minds
of mammals.
Samo je na taj način njihov jezik mogao doprijeti do tjelesnih
umova sisavaca.
Then, whispered Castro, those first men formed the cult.
Tada, šapnuo je Castro, ti prvi ljudi su osnovali kult.
They organized themselves around small idols.
Organizirali su se oko malih idola.
The small idols which the great ones had shown them.
Mali idoli koje su im veliki pokazali.
Idols brought from dim eras from dark stars.
Idoli doneseni iz mračnih era s mračnih zvijezda.
That cult would never die till the stars came right again.
Taj kult nikada neće umrijeti dok zvijezde ponovno ne budu u
pravu.
The secret priests were going to take great Cthulhu from His
tomb.
Tajni svećenici namjeravali su uzeti velikog Cthulhua iz
Njegove grobnice.
And they were going to revive His subjects.
I namjeravali su oživjeti Njegove podanike.
And then Cthulhu was going to resume His rule of earth.
A onda će Cthulhu nastaviti svoju vladavinu Zemljom.
The right time was going to reveal itself quite clearly.
Pravo vrijeme će se sasvim jasno pokazati.
At that time mankind will have become as the great old
ones.
U to vrijeme čovječanstvo će postati kao veliki starci.
They will be free and wild and beyond good and evil.
Bit će slobodni i divlji i izvan dobra i zla.
Laws and morals are going to be thrown aside.
Zakoni i moral bit će odbačeni.
All men will be shouting and killing and reveling in joy.
Svi će ljudi vikati i ubijati i veseliti se.
Then the liberated old ones will teach them the new ways.

Tada će ih oslobođeni stari naučiti novim načinima.
New ways to shout and kill and revel and enjoy.
Novi načini vikanja, ubijanja, veselja i uživanja.
And all the earth will flame with a holocaust of ecstasy and freedom.
I cijela će zemlja gorjeti holokaustom ekstaze i slobode.
Meanwhile the cult had to practice the appropriate rites.
U međuvremenu, kult je morao prakticirati odgovarajuće obrede.
They had to keep alive the memory of those ancient ways.
Morali su održavati živim sjećanje na te drevne običaje.
And they had to shadow forth the prophecy of their return.
I morali su naslutiti proročanstvo o svom povratku.
In the elder time chosen men spoke with the entombed Old Ones.
U davna vremena odabrani ljudi razgovarali su sa zakopanim Starcima.
The entombed Old Ones spoke to them in their dreams.
Zakopani Stari su im govorili u snovima.
But then something disturbed their means of communication.
Ali onda je nešto poremetilo njihove načine komunikacije.
The great stone in the city R'lyeh had sunk beneath the waves.
Veliki kamen u gradu R'lyehu potonuo je pod valovima.
And the monoliths and sepulchers were beneath the waters.
A monoliti i grobnice bili su pod vodom.
Deep waters full of the one primal mystery.
Duboke vode pune jedne iskonske misterije.
Waters through which not even thought can pass.
Vode kroz koje ni misao ne može proći.
Water that cut off their spectral communication.
Voda koja je prekinula njihovu spektralnu komunikaciju.
But the memory of the rites and rituals never died.
Ali sjećanje na obrede i rituale nikada nije umrlo.
And high priests said that the city would rise again.
A visoki svećenici rekoše da će se grad ponovno uzdići.

When the stars were right Cthulhu was going to return.
Kad zvijezde budu u pravu, Cthulhu će se vratiti.
The moldy black spirits of the earth will come out again.
Pljesnivi crni duhovi zemlje ponovno će izaći.
Shadowy black spirits full of dim rumors.
Sjenovitih crnih duhova punih mračnih glasina.

*****

**The spirits collected in caverns beneath forgotten sea-
bottoms.**
Duhovi su se skupljali u špiljama ispod zaboravljenih morskih
dna.
But of those spirits old Castro dared not speak much.
Ali o tim duhovima stari Castro nije se usudio mnogo govoriti.
And he hurriedly cut himself off from the topic.
I žurno se isključio iz teme.
No amount of persuasion could elicit more in this direction.
Nikakvo uvjeravanje ne bi moglo izazvati više u tom smjeru.
No subtlety could convince him to speak of those spirits.
Nijedna suptilnost ga nije mogla uvjeriti da govori o tim
duhovima.
**The size of the old ones, too, he curiously declined to
mention.**
Veličinu starih također, začudo, nije htio spomenuti.
And of the cult he spoke very little too.
A o kultu je također vrlo malo govorio.
**He thought the center lay amid the pathless deserts of
Arabia.**
Mislio je da središte leži usred bespuća Arabije.
**There in Irem, the City of Pillars, dreams hidden and
untouched.**
Tamo u Iremu, Gradu stupova, snovi skriveni i netaknuti.
This cult was not allied to the European witch-cult.
Ovaj kult nije bio povezan s europskim kultom vještica.
And the cult was virtually unknown beyond its members.
I kult je bio praktički nepoznat izvan svojih članova.

No book had ever really hinted of their knowledge.
Nijedna knjiga nikada nije zapravo nagovijestila njihovo
znanje.
**Though the deathless Chinamen said the mad Arab Abdul
Alhazred came close.**
Iako su besmrtni Kinezi rekli da je ludi Arapin Abdul
Alhazred bio blizu.
**He said that there were double meanings in his
Necronomicon.**
Rekao je da u njegovom Nekronomikonu postoje dvostruka
značenja.
The initiated were free to read it if they wanted to.
Inicirani su ga mogli slobodno pročitati ako su htjeli.
And they should pay attention to one couplet in particular.
I trebali bi posebno obratiti pozornost na jedan dvostih.
"That which is not dead can sleep for eternity,"
"Ono što nije mrtvo može spavati vječno,"
"And with strange eons even death may die."
"I s čudnim eonima čak i smrt može umrijeti."
Legrasse had been deeply impressed by what he heard.
Legrasse je bio duboko dojmljen onim što je čuo.
And he was not a little bewildered by the tale.
I nije bio nimalo zbunjen pričom.
He inquired in vain about the historic affiliations of the cult.
Uzalud je ispitivao o povijesnoj pripadnosti kulta.
**Castro, apparently, had told the truth about the oath of
secrecy.**
Castro je, očito, rekao istinu o zakletvi tajnosti.
**The authorities at Tulane University could not offer much
help either.**
Ni vlasti na Sveučilištu Tulane nisu mogle ponuditi puno
pomoći.
**The were not able to shed no light upon neither cult, nor the
image.**
Nisu bili u stanju rasvijetliti ni kult ni sliku.
**And now the detective had come to the highest authorities in
the country.**

A sada je detektiv došao do najviših vlasti u zemlji.
And he heard none other than Professor Webb' tale in Greenland.
I nije čuo ništa drugo nego priču profesora Webba na Grenlandu.

***

Legrasse's tale aroused feverish interest at the meeting.
Legrasseova priča izazvala je grozničavo zanimanje na sastanku.
The story was not only significant in its implications.
Priča nije bila značajna samo po svojim implikacijama.
But the story was also corroborated by the statuette.
Ali priču je potvrdila i statueta.
The excitement echoed in the subsequent correspondence.
Uzbuđenje se odražavalo u kasnijoj korespondenciji.
Those who attended stayed in close contact with each other.
Oni koji su prisustvovali ostali su u bliskom kontaktu jedni s drugima.
Although scant mention occurs in the formal publications.
Iako se u službenim publikacijama rijetko spominje.
Caution is the first care of those accustomed to charlatanry.
Oprez je prva briga onih koji su navikli na šarlatanstvo.
Impostures are kept out as much as it is possible.
Prevare se sprječavaju koliko god je to moguće.
Legrasse for some time lent the image to Professor Webb.
Legrasse je neko vrijeme posudio sliku profesoru Webbu.
But at the latter's death the image was returned to him.
Ali nakon potonjeve smrti slika mu je vraćena.
And the image remains in Legrasse's possession.
I slika ostaje u Legrasseovom posjedu.
This is where I viewed the terrible image not long ago.
Ovdje sam nedavno vidio onu strašnu sliku.
The image is unmistakably akin to Wilcox' dream-sculpture.
Slika je nedvojbeno srodna Wilcoxovoj skulpturi iz sna.
It was no wonder my uncle was so excited by his tale.

Nije čudo što je moj ujak bio toliko uzbuđen njegovom pričom.
And I'm not surprised he made the efforts he made.
I ne čudi me što se toliko trudio.
He had heard everything Legrasse knew of the cult.
Čuo je sve što je Legrasse znao o kultu.
And the strange cultish dreams of a sensitive young man.
I čudni kultni snovi osjetljivog mladića.
The bas-relief just like the one from the swamp.
Bareljef baš kao onaj iz močvare.
The addition of the devil tablet in Greenland.
Dodavanje vražje ploče na Grenlandu.
The exact same words used in three remote occurrences.
Iste riječi korištene u tri udaljena slučaja.
The Eskimo diabolists, the mongrels in Louisiana, and then Wilcox.
Eskimski đavoli, mješanci u Louisiani, a zatim Wilcox.
What other conclusion could one possibly have come to?
Do kojeg bi drugog zaključka itko mogao doći?
It's only natural Professor Angel pursued this conclusion.
Sasvim je prirodno da je profesor Angel došao do ovog zaključka.
And I wouldn't have expected him to be less thorough.
I ne bih očekivao da će biti manje temeljit.
My great-uncle was a man of principled academic rigor.
Moj praujak bio je čovjek principijelne akademske strogosti.
Though privately I also had other plausible theories.
Iako sam privatno imao i druge uvjerljive teorije.
I suspected young Wilcox of having heard of the cult.
Sumnjao sam da je mladi Wilcox čuo za kult.
Maybe he had heard of the cult in some indirect way.
Možda je na neki neizravan način čuo za kult.
He could easily have invented a series of dreams.
Lako je mogao izmisliti niz snova.
That way he could heighten and continue the mystery.
Na taj je način mogao pojačati i nastaviti misterij.
The dream-narratives and cuttings collected did of course corroborate.

Priče iz snova i prikupljeni isječci to su naravno potvrdili.
But the rationalism of my mind had not yet been satisfied.
Ali racionalizam mog uma još nije bio zadovoljen.
Coincidences can form highly believable illusions too.
Slučajnosti također mogu stvoriti vrlo uvjerljive iluzije.
And we have to bear in mind the extravagance of the whole subject.
I moramo imati na umu ekstravaganciju cijele teme.
So I was led to adopt what I thought the most sensible conclusions.
Tako sam bio naveden da usvojim ono što sam smatrao najrazumnijim zaključcima.
I thoroughly studied the manuscript from the beginning.
Od početka sam temeljito proučio rukopis.
And I correlated the theosophical and anthropological notes.
I povezao sam teozofske i antropološke bilješke.
I compared the literature with the cult narrative of Legrasse.
Usporedio sam literaturu s kultnom narativom Legrassea .
I made a trip to Providence to see the sculptor.
Otputovao sam u Providence kako bih vidio kipara.
And I intended to give him the rebuke I thought proper.
I namjeravao sam ga ukoriti onako kako sam smatrao prikladnim.
There must be consequences, I felt, for the trick he played.
Moraju postojati posljedice, osjećao sam, za trik koji je izveo.
He had boldly imposed himself upon a learned and aged man.
Hrabro se nametnuo učenom i ostarjelom čovjeku.

***

Wilcox still lived alone where my uncle had met him.
Wilcox je još uvijek živio sam tamo gdje ga je moj ujak upoznao.
In the Fleur-de-Lys Building in Thomas Street.
U zgradi Fleur-de-Lys u ulici Thomas.

A hideous Victorian imitation of Seventeenth Century Breton architecture.
Odvratna viktorijanska imitacija bretonske arhitekture iz sedamnaestog stoljeća.
The building flaunted its stuccoed front amidst its surroundings.
Zgrada se razmetala svojim oštukanim pročeljem usred okoline.
There were lovely Colonial houses on the ancient hill.
Na drevnom brdu nalazile su se prekrasne kolonijalne kuće.
And the house stood under the shadow of the finest Georgian steeple in America.
A kuća je stajala u sjeni najljepšeg georgijanskog tornja u Americi.
I found him at work in his rooms, among his sculptures.
Našao sam ga na djelu u njegovim sobama, među njegovim skulpturama.
The specimens scattered came from a very unique mind.
Razasuti uzorci došli su iz vrlo jedinstvenog uma.
At once I conceded that his genius is indeed profound and authentic.
Odmah sam priznao da je njegov genij doista dubok i autentičan.
He has crystallized in clay that which Arthur Machen evokes in prose.
Kristalizirao je u glini ono što Arthur Machen evocira u prozi.
He mirrored in marble the nightmares Clark Ashton Smith put to canvas.
U mramoru je zrcalio noćne more koje je Clark Ashton Smith prenio na platno.
He will, I believe, be spoken of one day as one of the great decadents.
Vjerujem da će se o njemu jednog dana govoriti kao o jednom od velikih dekadenata.
He was dark, frail, and somewhat unkempt in aspect.
Bio je taman, krhak i pomalo neurednog izgleda.
He turned languidly at my knock on his door.

Lijeno se okrenuo kad sam začuo kucanje na vratima.
He didn't rise from his seat when I came in.
Nije ustao sa svog mjesta kad sam ušao.
And he asked me what the purpose of my visit was.
I pitao me koja je svrha mog posjeta.
When I told him who I was his interest was piqued.
Kad sam mu rekao tko sam, probudio je zanimanje.
My uncle had excited his curiosity by probing his strange dreams.
Moj ujak je probudio njegovu znatiželju istražujući njegove čudne snove.
Although he had never explained the reason for the study.
Iako nikada nije objasnio razlog istraživanja.
I did not enlarge his knowledge in this regard.
Nisam proširio njegovo znanje u tom pogledu.
But I sought with some subtlety to gain his confidence.
Ali sam s određenom suptilnošću nastojao steći njegovo povjerenje.
In a short time I became convinced of his absolute sincerity.
Za kratko vrijeme uvjerio sam se u njegovu apsolutnu iskrenost.
He spoke of the dreams in a manner none could mistake.
Govorio je o snovima na način koji nitko nije mogao pogriješiti.
His dreams' subconscious residuum had influenced his art profoundly.
Podsvjesni ostaci njegovih snova duboko su utjecali na njegovu umjetnost.
He showed me a morbid statue of the likes I had never seen before.
Pokazao mi je morbidnu statuu kakvu nikad prije nisam vidio.
The statue's contours almost made me shake with fear.
Obrisi kipa gotovo su me natjerali da se tresem od straha.
The potency of the statue's black suggestion was overbearing.
Moć crne sugestije kipa bila je premoćna.
He could not recall having seen the original of this thing.

Nije se mogao sjetiti da je ikada vidio original ove stvari.
But the statue was inspired by his own dream bas-relief.
Ali kip je bio inspiriran njegovim vlastitim bareljefom iz sna.
**The outlines had formed themselves insensibly under his
hands.**
Obrisi su se neprimjetno oblikovali pod njegovim rukama.
**It was, no doubt, the giant shape he had raved of in
delirium.**
Bio je to, bez sumnje, onaj divovski oblik o kojem je buncao u
deliriju.
**That he really knew nothing of the hidden cult he soon
made clear.**
Da zapravo ništa nije znao o skrivenom kultu, ubrzo je jasno
dao do znanja.
**Only my uncle's relentless catechism had given him some
clues,**
Samo mu je ujakov neumoljivi katekizam dao neke tragove,
And again I strove to explain the obvious conclusions away.
I opet sam se trudio objasniti očite zaključke.
**How he could possibly have received the weird
impressions?**
Kako je uopće mogao dobiti te čudne dojmove?
He talked of his dreams in a strangely poetic fashion.
Pričao je o svojim snovima na neobično poetski način.
**He made me see with terrible vividness the vistas of his
dream.**
Natjerao me je da vidim s užasnom živopisnošću prizore svog
sna.
The damp Cyclopean city of slimy green stone.
Vlažni kiklopski grad od sluzavog zelenog kamena.
The geometry he oddly said, was all wrong.
Geometrija, kako je čudno rekao, bila je potpuno pogrešna.
And he spoke of what he heard with frightened expectancy.
I govorio je o onome što je čuo s prestrašenim iščekivanjem.
The ceaseless, half-mental calling from underground:
Neprekidni, polumentalni poziv iz podzemlja:
"Cthulhu fhtagn... Cthulhu fhtagn"

"Cthulhu fhtagn ... Cthulhu fhtagn "
These words had formed part of that dreaded ritual.
Ove su riječi bile dio tog strašnog rituala.
The ritual the told of dead Cthulhu's dream-vigil.
Ritual je govorio o bdjenju u snovima mrtvog Cthulhua.
The ritual that told of his stone vault at R'lyeh.
Ritual koji je govorio o njegovoj kamenoj grobnici u R'lyehu .
And I felt deeply moved, despite my rational beliefs.
I osjećao sam se duboko dirnutim, unatoč svojim racionalnim
uvjerenjima.
Wilcox, I was sure, had heard of the cult in some casual way.
Wilcox je, bio sam siguran, nekako usputno čuo za kult.
He spent his time in a mass of equally weird literature.
Vrijeme je provodio u gomili jednako čudne literature.
He must have forgotten the source of his knowledge.
Mora da je zaboravio izvor svog znanja.
**Later the cult had found subconscious expression in his
dreams.**
Kasnije je kult pronašao podsvjesni izraz u njegovim snovima.
But this is natural when stories are so impressive.
Ali to je prirodno kada su priče tako impresivne.
**Finally the cult's ideas manifested themselves in the bas-
relief.**
Konačno su se ideje kulta manifestirale u bareljefu.
**And now the subject of the cult manifested itself in the
terrible statue.**
I sada se subjekt kulta manifestirao u strašnom kipu.
**I was convinced his imposture upon my uncle had been very
innocent.**
Bio sam uvjeren da je njegova prevara mog ujaka bila vrlo
nevina.
He both slightly affected, and slightly ill-mannered.
Bio je i pomalo afektiran i pomalo nepristojan.
He had a disposition which I could never like.
Imao je narav koja mi se nikada nije mogla svidjeti.
But I was willing enough now to admit his genius.
Ali sada sam bio dovoljno voljan priznati njegov genij.

And I have no way of denying his honesty either.
I nemam načina da poreknem ni njegovu iskrenost.
Despite my initial feelings, I took leave of him amicably.
Usprkos mojim početnim osjećajima, prijateljski sam se oprostio od njega.
And I wish him all the success his talent promises.
I želim mu sav uspjeh koji njegov talent obećava.

***

The matter of the cult continued to fascinate me.
Stvar kulta me i dalje fascinirala.
At times I had visions of the personal fame I could attain.
Ponekad sam imao vizije osobne slave koju bih mogao postići.
I visited New Orleans and talked with Legrasse.
Posjetio sam New Orleans i razgovarao s Legrasseom .
And I spoke with other policemen of that swamp raid.
I razgovarao sam s drugim policajcima iz te racije u močvari.
I saw the frightful image with my own eyes.
Strašnu sliku sam vidio svojim očima.
And I even questioned some of the surviving mongrel prisoners.
Čak sam ispitao i neke od preživjelih zatočenika mješanaca.
Old Castro, unfortunately, had been dead for some years.
Stari Castro je, nažalost, bio mrtav već nekoliko godina.
What I now heard so graphically at first hand excited me afresh.
Ono što sam sada tako slikovito čuo iz prve ruke ponovno me uzbudilo.
Though it was really no more than a detailed confirmation.
Iako to zapravo nije bilo ništa više od detaljne potvrde.
What they told me I had already read in my uncle's notes.
Ono što su mi rekli, već sam pročitao u ujakovim bilješkama.
I felt sure that I was on the track of a very real secret.
Bio sam siguran da sam na tragu vrlo stvarne tajne.
And I was sure I was going to discover a very ancient religion.
I želim mu sav uspjeh koji njegov talent obećava.

I bio sam siguran da ću otkriti vrlo drevnu religiju.
The discovery would make me an anthropologist of note.
Otkriće bi me učinilo značajnim antropologom.
My attitude was still one of absolute rational materialism.
Moj stav je i dalje bio stav apsolutnog racionalnog
materijalizma.
**And I wish my attitude to the subject matter had not
changed.**
I volio bih da se moj stav prema toj temi nije promijenio.
**I discounted with almost inexplicable perversity the
coincidences.**
S gotovo neobjašnjivom perverznošću odbacio sam slučajnosti.
**The dream notes and odd cuttings collected by Professor
Angell.**
Bilješke o snovima i neobični isječci koje je sakupio profesor
Angell.
**One thing I began to doubt was the cause of my uncle's
death.**
Jedna stvar u koju sam počeo sumnjati bio je uzrok smrti mog
ujaka.
I began to suspect his death was far from natural.
Počeo sam sumnjati da njegova smrt nije bila ni blizu
prirodne.
And I now fear I know my uncle's death was not natural.
I sada se bojim da znam da smrt mog ujaka nije bila prirodna.
It was on a narrow hill street where he fell.
Pao je na uskoj brdovitoj ulici.
The street lead up from the ancient waterfront.
Ulica je vodila od drevne obale.
The port-town swarms with foreign mongrels.
Lučki grad vrvi od stranih mješanaca.
He fell after a careless push from a negro sailor.
Pao je nakon nepažljivog guranja crnog mornara.
**I had not forgotten the mixed blood of the cult-members in
Louisiana.**
Nisam zaboravio miješanu krv članova kulta u Louisiani.
I had not forgotten the sailors in the voodoo orgy.

Nisam zaboravio mornare u vudu orgiji.
And would not be surprised to learn that they had other knowledge too.
I ne bi se iznenadilo da saznaju da imaju i druga znanja.
Secret methods as anciently known as the cryptic rites.
Tajne metode, drevno poznate kao kriptični obredi.
Poison needles as ruthless their demonic beliefs.
Otrovne igle kao nemilosrdne prema svojim demonskim uvjerenjima.
Legrasse and his men, it is true, have been let alone.
Legrasse i njegovi ljudi, istina je, ostavljeni su na miru.
But in Norway a certain seaman who saw things is dead.
Ali u Norveškoj je mrtav izvjesni mornar koji je vidio stvari.
Might not sinister ears have picked up my uncle's interest in the sculptor?
Nije li moguće da su zlokobne uši probudile zanimanje mog ujaka za kipara?
Might not the deeper inquiries of my uncle have drawn someone's attention?
Ne bi li dublja pitanja mog ujaka mogla privući nečiju pozornost?
I think Professor Angell died because he knew too much.
Mislim da je profesor Angell umro jer je previše znao.
Or he died because he was likely to learn too much.
Ili je umro jer je vjerojatno previše naučio.
Whether I shall go out as he did remains to be seen.
Hoću li izaći kao on, ostaje za vidjeti.
Because I too have learned much about Cthulhu.
Jer sam i ja mnogo naučio o Cthulhuu.

There is one great boon heaven could grant me.
Postoji jedan veliki blagoslov koji bi mi nebo moglo podariti.
The total effacing of the results of a mere chance.
Potpuno brisanje rezultata puke slučajnosti.
I wish I had never seen that stray piece of paper.
Volio bih da nikad nisam vidio taj zalutali komad papira.
My daily routine would normally not have taken me there.
Moja dnevna rutina me inače ne bi tamo odvela.
On any other day I would not have noticed anything.
Bilo kojeg drugog dana ne bih ništa primijetio.
It was an old number of an Australian journal.
Bio je to stari broj nekog australskog časopisa.
The Sydney Bulletin for April 18, 1925
Sydneyski bilten za 18. travnja 1925.
The paper had even slipped past the cutting bureau.
Papir je čak prošao pored rezačkog biroa.
I had largely given over my inquiries to a friend.
Uglavnom sam svoja pitanja prepustio prijatelju.
He had taken on the work of most of the research.
Preuzeo je na sebe veći dio istraživačkog rada.
He had come to refer to the group as the "Cthulhu Cult".
Grupu je počeo nazivati "Kult Cthulhu".
I was visiting my learned friend of Paterson, New Jersey.
Bio sam u posjeti svom učenom prijatelju u Patersonu, New
Jersey.
The curator of a local museum, and a mineralogist of note.
Kustos lokalnog muzeja i poznati mineralog.
While at his museum I had access to the reserved specimens.
Dok sam bio u njegovom muzeju imao sam pristup
rezerviranim primjercima.
And this is when an odd picture caught my attention.
I tada mi je pažnju privukla neobična slika.
**Beneath one of the stones was the Sydney Bulletin I
mentioned.**

Ispod jednog od kamena bio je Sydney Bulletin koji sam
spomenuo.
**My friend has wide affiliations in all conceivable foreign
lands.**
Moj prijatelj ima široke veze u svim zamislivim stranim
zemljama.
The picture was a half-tone cut of a hideous stone image.
Slika je bila polutonski izrez odvratne kamene slike.
**Almost identical with the stone Legrasse had found in the
swamp.**
Gotovo identičan kamenu koji je Legrasse pronašao u močvari.
Eagerly I read the article for its precious contents.
Nestrpljivo sam pročitao članak zbog njegovog dragocjenog
sadržaja.
But I was disappointed to find that it was just a short article.
Ali bio sam razočaran kad sam otkrio da je to bio samo kratki
članak.
**Although brief, the information was of portentous
significance.**
Iako kratka, informacija je bila od zloslutnog značaja.

***

"MYSTERY DERELICT FOUND AT SEA"
"TAJANSTVENO NAPUŠTENO ODVORENO ZEMLJIŠTE
PRONAĐENO NA MORU"
**Vigilant Arrives With Helpless Armed New Zealand Yacht
in Tow.**
Budnik stiže s bespomoćnom naoružanom novozelandskom
jahtom u pratnji.
One Survivor and one Dead Man Found Aboard.
Jedan preživjeli i jedan mrtav čovjek pronađeni na brodu.
Tale of Desperate Battle and Deaths at Sea.
Priča o očajničkoj bitci i smrtima na moru.
Rescued Seaman Refuses Particulars of Strange Experience.
Spašeni mornar odbija dati detalje o neobičnom iskustvu.
Odd Idol Found in His Possession, Inquiry to Follow.

Čudan idol pronađen u njegovom posjedu, slijedi istraga.
The Alert of Dunedin yacht, N.Z., had been disabled in battle.
Jahta Alert iz Dunedina na Novom Zelandu onesposobljena je u bitci.
Previously the ship had left from Valparaiso on March 25th.
Brod je prethodno isplovio iz Valparaisa 25. ožujka.
On April 2nd the ship was driven considerably south of her course.
Drugog travnja brod je bio odnesen znatno južnije od svog kursa.
Exceptionally heavy storms had redirected the ship.
Iznimno jake oluje preusmjerile su brod.
Monster waves forced the ship to take a different route.
Čudovišni valovi prisilili su brod da krene drugim putem.
On April 12th the ship was sighted by another ship.
Dana 12. travnja brod je uočio drugi brod.
Latitude 34° 21', Longitude 152° 17'
Geografska širina 34° 21', Geografska dužina 152° 17'
Initially they thought the ship had been deserted.
U početku su mislili da je brod napušten.
But one still living man had been found on board.
Ali na brodu je pronađen jedan još uvijek živ čovjek.
This lone survivor was in a half-delirious condition.
Ovaj jedini preživjeli bio je u poludeliričnom stanju.
The only other victim found was a man already dead a week.
Jedina druga pronađena žrtva bio je muškarac koji je već bio mrtav tjedan dana.
Now the heavily armed steam yacht was being towed.
Sada je teško naoružana parna jahta bila vučena.
And this morning the ship was coming in to its wharf.
I jutros je brod dolazio na svoj dok.
The living man was clutching a horrible stone idol.
Živi čovjek je čvrsto držao strašnog kamenog idola.
The stone idol was about a foot in height.
Kameni idol bio je visok oko trideset centimetara.
And the origins of the stone were completely unknown.

A podrijetlo kamena bilo je potpuno nepoznato.
Authorities at Sydney university were baffled.
Vlasti na Sveučilištu u Sydneyu bile su zbunjene.
The Royal Society couldn't offer information about the idol.
Kraljevsko društvo nije moglo ponuditi informacije o idolu.
And the Museum in College street had no insights either.
A ni Muzej u College ulici nije imao uvida.
The survivor says he found the stone in the cabin of the yacht.
Preživjeli kaže da je kamen pronašao u kabini jahte.
Allegedly the idol was in a small carved shrine.
Navodno se idol nalazio u malom isklesanom svetištu.
And the carvings of the shrine were of common pattern.
A rezbarije na svetištu bile su uobičajenog uzorka.
This man eventually recovered back to his senses.
Ovaj čovjek se konačno vratio k sebi.
And he told an exceedingly strange story of piracy and slaughter.
I ispričao je iznimno neobičnu priču o gusarstvu i pokolju.
He is Gustaf Johansen, a Norwegian of some intelligence.
On je Gustaf Johansen, Norvežanin donekle inteligentnog podrijetla.
And he had been second mate of the two-masted schooner Emma of Auckland.
I bio je drugi časnik na dvojarbolnoj škuni Emma iz Aucklanda.
The ship sailed for Callao February 20th, manned by eleven sailors.
Brod je otplovio za Callao 20. veljače, s jedanaest mornara.
The ship, he says, was delayed and thrown widely south of her course.
Brod je, kaže on, kasnio i bio je bačen daleko južnije od svog kursa.
There was a great storm on March 1st, and on March 22nd.
Prvog ožujka i 22. ožujka bila je velika oluja.
On their journey they encountered another ship.
Na svom putovanju su naišli na još jedan brod.

This was in S. Latitude 49° 51′, W. Longitude 128° 34′

To je bilo na južnoj geografskoj širini 49° 51′, zapadnoj geografskoj dužini 128° 34′

This ship was manned by a queer and evil-looking crew.

Ovim brodom upravljala je čudna i zlokobna posada.

All the men were of Kanakas and half-castes.

Svi muškarci bili su Kanaka i mješanaca.

Being ordered peremptorily to turn back, Capt. Collins refused.

Nakon što mu je naređeno da se vrati, kapetan Collins je odbio.

Without warning the strange crew began to shoot savagely upon the schooner.

Bez upozorenja, čudna posada počela je divljački pucati na škunu.

They shot a peculiarly heavy battery of brass cannon.

Pucali su iz neobično teške baterije mjedenih topova.

The men from his ship showed fighting spirit, says the survivor.

Ljudi s njegovog broda pokazali su borbeni duh, kaže preživjeli.

The schooner began to sink from shots beneath the waterline.

Škuna je počela tonuti od hitaca ispod vodene linije.

But they managed to heave alongside their enemy boat, and board her.

Ali uspjeli su se provući uz neprijateljski brod i ukrcati se na njega.

They grappled with the savage crew on the yacht's deck.

Rvali su se s divljom posadom na palubi jahte.

Their mode of fighting seemed to be strangely clumsy.

Njihov način borbe činio se čudno nespretnim.

But defeat did not seem to be an option for these savage men.

Ali poraz se nije činio kao opcija za ove divljake.

They had a particularly abhorrent and desperate way of fighting.

Imali su posebno odvratan i očajan način borbe.

So they had no choice but to kill all men of the enemy ship.

Stoga nisu imali drugog izbora nego ubiti sve ljude s neprijateljskog broda.

Three of their men were also killed in the fight.

U borbi su poginula i trojica njihovih ljudi.

Capt. Collins and First Mate Green were among the dead.

Kapetan Collins i prvi časnik Green bili su među mrtvima.

Second Mate Johansen took over control from First Mate Green.

Drugi časnik Johansen preuzeo je kontrolu od prvog časnika Greena.

And the remaining eight men proceeded to navigate the captured yacht.

A preostalih osam muškaraca nastavilo je upravljati zarobljenom jahtom.

They proceeded to continue in the original direction they were going.

Nastavili su u izvornom smjeru u kojem su išli.

To see if there had been any reason they were ordered to turn around.

Da vide postoji li ikakav razlog zašto im je naređeno da se okrenu.

***

The next day, it appears, they landed on a small island.

Sljedećeg dana, čini se, iskrcali su se na mali otok.

Although no island is known to exist in that part of the ocean.

Iako se ne zna da u tom dijelu oceana postoji otok.

Six of the men somehow died ashore while on the island.

Šest muškaraca je nekako umrlo na obali dok su bili na otoku.

Though Johansen is queerly reticent about this part of his story.

Iako je Johansen neobično suzdržan oko ovog dijela svoje priče.

And he speaks only of their falling into a rock chasm.
I govori samo o njihovom padu u kameni ponor.
Later, it seems, he and one companion boarded the yacht.
Kasnije se, čini se, on i jedan pratitelj ukrcali na jahtu.
Together they tried to sail the ship, undermanned.
Zajedno su pokušali upravljati brodom, bez dovoljno posade.
But they were beaten about by the storm of April 2nd.
Ali ih je pogodila oluja 2. travnja.
From that time till his rescue on the 12th, the man remembers little.
Od tada pa sve do spašavanja 12., čovjek se malo čega sjeća.
And he does not even recall when William Briden, his companion, died.
I ne sjeća se čak ni kada je William Briden, njegov suputnik, umro.
Autopsy could reveal no obvious cause to Briden's death.
Obdukcija nije mogla otkriti očigledan uzrok Bridenove smrti.
The most likely cause of death is exposure to the elements.
Najvjerojatniji uzrok smrti je izloženost elementima.
The Dunedin reported that their boat, the Alert, was well known.
Dunedin je izvijestio da je njihov brod, Alert, dobro poznat.
The island traders bore an evil reputation along the waterfront.
Otočni trgovci imali su loš glas duž obale.
The ship was owned by a curious group of half-castes.
Brod je bio u vlasništvu neobične skupine mješanaca.
Frequent meetings and night trips to the woods attracted curiosity.
Česti sastanci i noćni izleti u šumu privlačili su znatiželju.
The ship had set sail in great haste on March 1st.
Brod je isplovio u velikoj žurbi 1. ožujka.
Just after the storm, and the earth tremors that night.
Odmah nakon oluje i podrhtavanja tla te noći.
Our Auckland correspondent gives the Emma excellent reputation.
Naš dopisnik iz Aucklanda daje Emmi izvrstan ugled.

The Crew from the Emma were held very in high regard.
Posada s Emme bila je vrlo cijenjena.
And Johansen is described as a sober and worthy man.
A Johansen je opisan kao trezven i vrijedan čovjek.
The admiralty will institute an inquiry on the whole matter.
Admiralitet će pokrenuti istragu o cijelom slučaju.
Starting tomorrow they will collect all relevant information.
Počevši od sutra, prikupljat će sve relevantne informacije.
Every effort will be made to induce Johansen to speak.
Uložit će se svaki napor da se Johansen navede da progovori.
This and the hellish image were all the information I had to go on.
To i paklena slika bile su sve informacije koje sam imao kao povod.
But what a train of ideas that little information started in my mind!
Ali kakav je niz ideja ta mala informacija pokrenula u mom umu!
Here were new treasuries of data on the Cthulhu Cult.
Ovdje su se nalazile nove riznice podataka o kultu Cthulhu.
The cult not only had interests on land.
Kult nije imao samo interese na kopnu.
Now there was evidence they also had connections to the sea.
Sada je bilo dokaza da su imali veze i s morem.
What motive prompted the hybrid crew to order back the Emma?
Koji je motiv potaknuo hibridnu posadu da naruči povratak Emme?
Why did they sail about with their hideous idol?
Zašto su plovili okolo sa svojim odvratnim idolom?
What was the unknown island on which six of the Emma's crew had died?
Koji je bio nepoznati otok na kojem je poginulo šest članova posade Emme?
And why was Johansen so secretive about their death?
I zašto je Johansen bio toliko tajnovit u vezi njihove smrti?

What had the vice-admiralty's investigation brought out?
Što je otkrila istraga viceadmiraliteta?
And what was known of the noxious cult in Dunedin?
A što se znalo o štetnom kultu u Dunedinu?
Nor could one help but marvel at the timing of the events.
Ni čovjek se nije mogao ne čuditi vremenu događaja.
There was a deep and more than natural linkage between the dates.
Između datuma postojala je duboka i više nego prirodna veza.
A malign and now undeniable significance to the various turns of events.
Zlobno i sada neosporno značenje za različite preokrete događaja.

***

My uncle had noted with great care the connecting events.
Moj ujak je s velikom pažnjom zabilježio povezujuće događaje.
On March 1st the earthquake and storm had come.
Prvog ožujka dogodili su se potres i oluja.
February 28th, according to the International Date Line.
28. veljače, prema međunarodnoj datumskoj granici.
From Dunedin the noisome crew of the Alert darted eagerly forth.
Iz Dunedina je bučna posada Alerta žurno krenula naprijed.
They moved as if they had been imperiously summoned.
Kretali su se kao da su zapovjednički pozvani.
On the other side of the earth the other events unfolded.
Na drugoj strani Zemlje odvijali su se drugi događaji.
Poets and artists had begun to have their strange dreams.
Pjesnici i umjetnici počeli su sanjati svoje čudne snove.
Dreams of a dank Cyclopean city from times long gone.
Snovi o vlažnom kiklopskom gradu iz davno prošlih vremena.
A young sculptor was persuaded by these dreams too.
I mladi kipar bio je uvjeren u te snove.
In his sleep he molded the form of the dreaded Cthulhu.
U snu je oblikovao lik strašnog Cthulhua.

On March 23rd the crew of the Emma landed on an unknown island.

23. ožujka posada Emme iskrcala se na nepoznati otok.

There on that island they left six men dead.

Tamo na tom otoku ostavili su šest mrtvih ljudi.

On that date the dreams of sensitive men assumed a heightened vividness.

Tog datuma snovi osjetljivih ljudi poprimili su pojačanu živopisnost.

Their dreams darkened with dread of a giant monster's malign pursuit.

Njihovi snovi bili su zamračeni strahom od zlokobne potjere divovskog čudovišta.

One architect went mad from his dreams that night.

Jedan arhitekt je te noći poludio od svojih snova.

And a sculptor had lapsed suddenly into delirium!

I kipar je iznenada pao u delirij!

And then there was the storm of April 2nd.

A onda je bila oluja 2. travnja.

The date on which all dreams of the dank city ceased.

Datum kada su prestali svi snovi o vlažnom gradu.

Wilcox emerged unharmed from the bondage of strange fever.

Wilcox je neozlijeđen izašao iz okova čudne groznice.

And everything appeared to be normal again.

I sve je opet izgledalo normalno.

But what about the hints old Castro had suggested?

Ali što je s naznakama koje je predložio stari Castro?

What about the sunken, star-born old ones?

Što je s potonulim, zvjezdano rođenim starcima?

What about their promised return and coming reign?

Što je s njihovim obećanim povratkom i nadolazećom vladavinom?

What about their faithful cult and their mastery of dreams?

Što je s njihovim vjernim kultom i njihovim vladanjem snovima?

Was I tottering on the brink of cosmic horrors?

Jesam li se teturao na rubu kozmičkih užasa?
Cosmic horrors far beyond man's power to bear?
Kozmički užasi daleko izvan ljudske moći podnijeti?
If so, they must be horrors of the mind alone.
Ako je tako, to moraju biti užasi samo uma.
On the second of April there was sudden coordinated calm.
Drugog travnja zavladao je iznenadni koordinirani mir.
The monstrous menace that sieged mankind's soul had vanished.
Monstruozna prijetnja koja je opsjedala ljudsku dušu je nestala.
That evening I made all necessary arrangements for onwards travel.
Te večeri sam napravio sve potrebne pripreme za daljnje putovanje.
I bade my host adieu and took a train for San Francisco.
Oprostio sam se od domaćina i vlakom otišao za San Francisco.

***

In less than a month I was at the port of Dunedin.
Za manje od mjesec dana bio sam u luci Dunedin.
Here, however, my investigation stumbled slightly.
Međutim, ovdje je moja istraga malo posrnula.
I inquired in the old sea taverns where the men had lingered.
Raspitao sam se u starim morskim krčmama gdje su se muškarci zadržali.
But little was known of the strange cult members.
Ali malo se znalo o čudnim članovima kulta.
Waterfront scum was far too common for special mention.
Ološ s obale bio je previše uobičajen da bi se posebno spominjao.
But there was vague talk about one inland trip these mongrels had made.

Ali bilo je nejasnih priča o jednom putovanju u unutrašnjost koje su ovi mješanci napravili.

Faint drumming and red flames were noted on the distant hills.

Na udaljenim brdima čulo se slabo bubnjanje i crveni plamenovi.

In Auckland I learned only a little more of Johansen.

U Aucklandu sam saznao samo malo više o Johansenu.

He had been taken to Sydney for the investigation.

Odveden je u Sydney na istragu.

A perfunctory and inconclusive questioning turned his hair white.

Površno i neuvjerljivo ispitivanje posijedilo mu je kosu.

Thereafter he sold his cottage in West Street.

Nakon toga je prodao svoju kućicu u West Streetu.

And he sailed with his wife to his old home in Oslo.

I otplovio je sa suprugom do svog starog doma u Oslu.

His experience had clearly stirred him deeply.

Njegovo iskustvo ga je očito duboko dirnulo.

But he told his friends no more than he had told the admiralty officials.

Ali svojim prijateljima nije rekao ništa više nego što je rekao admiralitetskim dužnosnicima.

And all they could do was to give me his Oslo address.

I sve što su mogli učiniti bilo je dati mi njegovu adresu u Oslu.

After that I went to Sydney and talked profitlessly with seamen.

Nakon toga sam otišao u Sydney i bezuspješno razgovarao s mornarima.

Members of the vice-admiralty court could not enlighten me either.

Ni članovi viceadmiralitetskog suda nisu me mogli prosvijetliti.

I tracked the Alert down to Circular Quay in Sydney Cove.

Pratila sam Alert do Circular Quaya u Sydney Coveu.

The ship had been sold and was again in commercial use.

Brod je bio prodan i ponovno je bio u komercijalnoj upotrebi.

But I could gain no further clues from the ship's cargo.
Ali nisam mogao dobiti nikakve daljnje tragove iz brodskog tereta.
The image was preserved in the Museum at Hyde Park.
Slika je sačuvana u Muzeju u Hyde Parku.
The cuttlefish head, dragon body, and scaly wings.
Glava sipe, tijelo zmaja i ljuskava krila.
The monster crouching atop the hieroglyphed pedestal.
Čudovište koje čuči na vrhu hijeroglifskog postolja.
I studied every detail of the idol long and well.
Dugo i dobro sam proučio svaki detalj idola.
The relic was a thing of balefully exquisite workmanship.
Relikvija je bila predmet zlokobno izvrsne izrade.
I couldn't help but notice the similarity to Legrasse's smaller specimen.
Nisam mogao ne primijetiti sličnost s manjim Legrasseovim primjerkom.
Both idols had the same utter mystery and terrible antiquity.
Oba idola imala su istu potpunu tajanstvenost i strašnu starinu.
And both idols had the same unearthly strangeness of material.
I oba idola imala su istu nezemaljsku neobičnost materijala.
Geologists, the curator told me, had found it a monstrous puzzle.
Geolozi su to, rekao mi je kustos, smatrali monstruoznom zagonetkom.
They insisted that the world held no rock like this one.
Ustrajali su da na svijetu nema stijene poput ove.
Then I thought with a shudder of what old Castro had told Legrasse.
Tada sam s jezom pomislio na ono što je stari Castro rekao Legrasseu .
The tale of the primal great ones, sunken under the sea.
Priča o iskonskim velikanima, potonulim pod morem.
"They had come from the stars."
"Došli su sa zvijezda."

"They had brought their images with them."
"Donijeli su svoje slike sa sobom."
I was shaken with a mental revolution as I had never before known.
Potresla me mentalna revolucija kakvu nikada prije nisam doživio.
I was now completely resolved to visit Mate Johansen in Oslo.
Sada sam bio potpuno odlučan posjetiti Matea Johansena u Oslu.
Sailing for London, I re-embarked at once for the Norwegian capital.
Otplovio sam za London i odmah se ponovno ukrcao za norvešku prijestolnicu.
And one autumn day I landed at the wharves.
I jednog jesenskog dana pristao sam na pristanište.

***

Johansen's hometown was in the shadow of the Egeberg.
Johansenov rodni grad bio je u sjeni Egeberga.
I discovered he lived in the Old Town of King Harold Haardrada.
Otkrio sam da živi u Starom gradu kralja Harolda Haardrade.
For centuries the greater city had masqueraded as "Christiania".
Stoljećima se veći grad maskirao kao "Christiania".
King Harald Hardrada kept alive the name of Oslo.
Kralj Harald Hardrada očuvao je ime Osla.
I made the brief trip to his residences by taxicab.
Kratko sam se odvezao do njegovih domova taksijem.
A neat and ancient building with plastered front.
Uredna i stara zgrada s ožbukanim pročeljem.
And I knocked with palpitant heart at the door.
I pokucao sam na vrata s lupajućim srcem.
A sad-faced woman in black answered my summons.
Tužna žena u crnom odgovorila je na moj poziv.

I was stung with disappointment at the sight.
Obuzelo me razočaranje pri tom prizoru.
She told me in halting English that Gustaf Johansen was no more.
Rekla mi je na isprekidanom engleskom da Gustafa Johansena više nema.
He had not long survived his return, said his wife.
Nije dugo preživio svoj povratak, rekla je njegova supruga.
The doings at sea in 1925 had broken him.
Događaji na moru 1925. godine slomili su ga.
He had told her no more than he had told the public.
Nije joj rekao ništa više nego što je rekao javnosti.
But he had left a long manuscript of "technical matters".
Ali ostavio je dugi rukopis "tehničkih pitanja".
These notes of the voyage had been written in English.
Ove bilješke s putovanja bile su napisane na engleskom jeziku.
Evidently in order to safeguard her from the peril of casual perusal.
Očito kako bi je zaštitili od opasnosti slučajnog pregledavanja.
He had gone for a walk through a narrow lane near the Gothenburg dock.
Prošetao je uskom ulicom blizu göteborškog doka.
A bundle of papers falling from an attic window had knocked him down.
Snop papira koji je pao s tavanskog prozora oborio ga je.
Two Lascar sailors at once helped him to his feet.
Dva lascarska mornara odmah su mu pomogla da ustane.
But before the ambulance could reach him he was dead.
Ali prije nego što je hitna pomoć stigla do njega, bio je mrtav.
The physicians found no adequate cause for his death.
Liječnici nisu pronašli valjan uzrok njegove smrti.
They mostly attributed his death to heart trouble.
Njegovu smrt su uglavnom pripisali srčanim problemima.
But they added his weakened constitution most likely contributed.
Ali dodali su da je tome najvjerojatnije pridonijela njegova oslabljena konstitucija.

I now felt a deep gnawing at my vitals.
Sada sam osjetio duboko grizenje svojih vitalnih organa.
A dark terror which will never leave me till I, too, am at rest.
Mračni strah koji me nikada neće napustiti dok se i ja ne smirim.
Whether my death will come "accidentally" or not I can't tell.
Hoće li moja smrt doći "slučajno" ili ne, ne mogu reći.
I spoke to the widow about her husband's work.
Razgovarao sam s udovicom o poslu njezina muža.
And I persuaded her I had a "technical" connection to him.
I uvjerio sam je da imam "tehničku" vezu s njim.
So she felt I was sufficiently entitled to the manuscript.
Dakle, smatrala je da imam dovoljno prava na rukopis.
And so I attained the dead man's writing.
I tako sam došao do spisa mrtvaca.
I began to read the documents on the boat to London.
Počeo sam čitati dokumente na brodu za London.
They were little more than simple, rambling notes.
Bile su to tek obične, nepovezane bilješke.
A naive sailor's effort at a post-facto diary.
Naivni mornar pokušava napisati dnevnik nakon događaja.
He strove to recall that last awful voyage day by day.
Trudio se prisjećati tog posljednjeg strašnog putovanja iz dana u dan.
I cannot attempt to transcribe his notes verbatim.
Ne mogu pokušati doslovno prepisati njegove bilješke.
The manuscript is clouded with vagueness and redundance.
Rukopis je prepun nejasnoća i suvišnosti.
But I will tell the gist of what he wrote.
Ali reći ću bit onoga što je napisao.
Perhaps then you will understand why I stuffed my ears
with cotton.
Možda ćeš tada shvatiti zašto sam si punio uši vatom.
The sound of the water against the vessel's sides became
unendurable.
Zvuk vode o bokove broda postao je nepodnošljiv.

Johansen, thank God, did not quite know what he had seen.
Johansen, hvala Bogu, nije sasvim znao što je vidio.
But it is evident he had seen the city and the Thing.
Ali očito je da je vidio grad i Stvar.
I shall never sleep calmly again when I think of the horrors.
Nikad više neću mirno spavati kad pomislim na užase.
The horrors that lurk ceaselessly behind life in time and space.
Užasi koji neprestano vrebaju iza života u vremenu i prostoru.
Those unhallowed blasphemies that come from elder stars.
Te nesvete bogohuljenja koja dolaze sa starijih zvijezda.
Dreamers beneath the sea known only by a nightmare cult.
Sanjari pod morem poznati samo po kultu noćnih mora.
A cult ready and eager to release these monsters into the world.
Kult spreman i željan pustiti ova čudovišta u svijet.
Whenever another earthquake raises their monstrous stone city again.
Kad god još jedan potres ponovno podigne njihov monstruozni kameni grad.
When Cthulhu is under the light of the sun once more.
Kad se Cthulhu ponovno nađe pod svjetlošću sunca.
Johansen's voyage had begun just as he told it to the vice-admiralty.
Johansenovo putovanje je započelo upravo onako kako ga je ispričao viceadmiralitetu.
The Emma, in ballast, had cleared Auckland on February 20th.
Emma, u balastu, napustila je Auckland 20. veljače.
The ship had felt the full force of that earthquake-born tempest.
Brod je osjetio punu snagu te oluje izazvane potresom.
The horrors from the sea-bottom that filled men's dreams.
Užasi s morskog dna koji su ispunjavali ljudske snove.

Once under control again the ship was making good progress.
Kad je ponovno bio pod kontrolom, brod je dobro napredovao.
But then the ship was held up by the Alert on March 22nd.
Ali onda je brod zadržao Alert 22. ožujka.
I could feel the mate's regret as he wrote of her bombardment and sinking.
Mogao sam osjetiti žaljenje časnika dok je pisao o njezinom bombardiranju i potonuću.
Of the swarthy cult-fiends on the other boat he speaks with horror.
O tamnoputim kultnim demonima na drugom brodu govori s užasom.
There was some peculiarly abominable quality about them.
Bilo je neke neobično odvratne osobine u njima.
Something made their destruction seem almost a duty.
Nešto je njihovo uništenje činilo gotovo dužnošću.
This point was brought up during the proceedings of the court of inquiry.
Ova točka je pokrenuta tijekom postupka pred istražnim sudom.
Johansen shows ingenuous wonder at the accusation of ruthlessness.
Johansen pokazuje naivno čuđenje optužbi za nemilosrdnost.
Curiosity is what drove the men on in their captured yacht.
Znatiželja je ono što je ljude potjeralo dalje u njihovoj zarobljenoj jahti.
Sticking out of the sea the men sighted a great stone pillar.
Iz mora je virio veliki kameni stup.
In South Latitude 47° 9', West Longitude 126° 43' they come upon a coastline.
Na južnoj geografskoj širini 47° 9', zapadnoj geografskoj dužini 126° 43' nailaze na obalu.
The coastline was of mingled mud, ooze, and weedy Cyclopean masonry.

Obala je bila od miješanog blata, mulja i korova kiklopskog zida.

Nothing less than the tangible substance of earth's supreme terror.

Ništa manje od opipljive supstance najvećeg zemaljskog terora.

They had come across the nightmare corpse-city of R'lyeh.

Naišli su na noćnu moru, grad leševa, R'lyeh .

A city built in measureless eons behind history.

Grad izgrađen u neizmjernim eonima iza povijesti.

Monuments to vast loathsome shapes that seeped down from the dark stars.

Spomenici golemim, odvratnim oblicima koji su se slijevali s tamnih zvijezda.

There lay great Cthulhu and his hordes for incalculable cycles.

Tamo je ležao veliki Cthulhu i njegove horde neizmjerne cikluse.

Hidden in green slimy vaults, they sent out their thoughts.

Skriveni u zelenim sluzavim svodovima, slali su svoje misli.

The thoughts that spread fear to the dreams of the sensitive.

Misli koje šire strah u snove osjetljivih.

The thoughts that called imperiously to the faithful.

Misli koje su zapovjednički pozivale vjernike.

"Come on a pilgrimage of liberation and restoration."

"Dođite na hodočašće oslobođenja i obnove."

All this horror Johansen had no way of suspecting.

Johansen nije imao ni najmanju naznaku o svemu tom užasu.

But God knows he had soon seen enough!

Ali Bog zna da je uskoro vidio dovoljno!

I suppose what they saw was only a single mountain-top.

Pretpostavljam da su vidjeli samo jedan planinski vrh.

Soon the rest of the city emerged from the waters.

Ubrzo se ostatak grada pojavio iz vode.

The hideous monolith-crowned citadel where great Cthulhu was buried.

Strašna citadela s monolitnom krunom u kojoj je pokopan veliki Cthulhu.

I shudder to think of all that may be brooding down there.

Ježim se kad pomislim na sve što se možda krije tamo dolje.

And I almost wish to kill myself to stop these thoughts.

I gotovo se želim ubiti kako bih zaustavio te misli.

***

Johansen and his men were awed by the cosmic majesty.

Johansen i njegovi ljudi bili su zadivljeni kozmičkom veličanstvenošću.

They beheld the sight of this dripping Babylon of elder demons.

Ugledali su prizor ovog vlažnog Babilona starijih demona.

They must have guessed without guidance what it was they saw.

Morali su bez ikakvog vodstva pretpostaviti što vide.

What they saw was nothing of this or of any sane planet.

Ono što su vidjeli nije bilo ništa od ovoga ili bilo kojeg razumnog planeta.

The unbelievable size of the greenish stone blocks.

Nevjerojatna veličina zelenkastih kamenih blokova.

The dizzying height of the great carven monolith.

Vrtoglava visina velikog uklesanog monolita.

And then there was the bas-reliefs found on the captured ship.

A onda su tu bili i bareljefi pronađeni na zarobljenom brodu.

The colossal statues mirrored the scene on the carvings.

Kolosalni kipovi zrcalili su prizor na rezbarijama.

Johansen achieved something very close to futurism.

Johansen je postigao nešto vrlo blisko futurizmu.

Because he did not describe any definite structure or building.

Jer nije opisao nikakvu određenu strukturu ili zgradu.

He dwelled on the broad impressions of vast angles and stone surfaces.

Zadržao se na širokim otiscima golemih kutova i kamenih površina.

Surfaces too great to belong to anything right or proper for this earth.

Površine prevelike da bi pripadale bilo čemu ispravnom ili prikladnom za ovu zemlju.

Surfaces impious with horrible images and hieroglyphs.

Površine bezbožne sa strašnim slikama i hijeroglifima.

There is a reason I mention his talk about angles.

Postoji razlog zašto spominjem njegov govor o kutovima.

It reminds me of something Wilcox had told me of his awful dreams.

Podsjeća me na nešto što mi je Wilcox pričao o svojim strašnim snovima.

He had said that the geometry of the dream-place he saw was abnormal.

Rekao je da je geometrija mjesta iz snova koje je vidio abnormalna.

Non-Euclidean spheres unlike anything here on earth.

Neeuklidske sfere kakve ovdje na Zemlji nisu slične.

Loathsomely redolent dimensions completely unlike ours.

Odvratno mirisne dimenzije potpuno drugačije od naših.

Now a seaman was describing the exact same thing.

Sada je jedan mornar opisivao potpuno istu stvar.

They bad both had the same terrible glimpse of this reality.

Oboje su imali isti strašni uvid u ovu stvarnost.

Johansen and his men landed at a sloping mud-bank.

Johansen i njegovi ljudi iskrcali su se na kosi blatni sprud.

And they looked up at this monstrous Acropolis.

I pogledali su gore prema ovoj monstruoznoj Akropoli.

They clambered slippery up over titan oozy blocks.

Penjali su se sklisko preko titanskih blatnjavih blokova.

Blocks which could have been no mortal staircase.

Blokovi koji nisu mogli biti smrtničko stubište.

The very sun of heaven seemed distorted in this mist.

Samo nebesko sunce izgledalo je iskrivljeno u ovoj magli.

A polarizing miasma welling out from this sea-soaked perversion.
Polarizirajuća mijaza koja izvire iz ove morem natopljene perverzije.
Twisted menace and suspense lurked in those elusive rocks.
Izopačena prijetnja i napetost vrebali su u tim neuhvatljivim stijenama.
A second glance showed concavity where the first showed convexity.
Drugi pogled pokazao je konkavnost tamo gdje je prvi pokazao konveksnost.
Something very like fright had come over all the explorers.
Nešto vrlo slično strahu obuzelo je sve istraživače.
Each man would have fled had he not feared the scorn of the others.
Svaki bi čovjek pobjegao da se nije bojao prezira ostalih.
And it was only half-heartedly that they vainly searched.
I samo su s pola srca uzalud tražili.
They were looking for some portable souvenir to bear away.
Tražili su neki prijenosni suvenir za ponijeti.
It was Rodriguez, the Portuguese, who climbed up the foot of the monolith.
Bio je to Rodriguez, Portugalac, koji se popeo uz podnožje monolita.
From there he shouted of what he had found.
Odatle je vikao o onome što je pronašao.
The rest followed him to the foot of the monolith.
Ostali su ga slijedili do podnožja monolita.
They looked curiously at the immense door in front of them.
Znatiželjno su pogledali ogromna vrata ispred sebe.
The now familiar squid-dragon was carved on the door.
Na vratima je bio uklesan sada već poznati zmaj-lignja.
It was, Johansen said, like a great barn-door.
Bilo je to, rekao je Johansen, kao velika vrata štale.
Although they said it only gave the impression of a door.
Iako su rekli da je to samo stvaralo dojam vrata.
They could not decide if the door lay flat like a trap-door.

Nisu mogli odlučiti jesu li vrata ležala ravno poput zamke.
Or maybe the opening was slanted like an outside cellar-door.
Ili je možda otvor bio nagnut poput vanjskih podrumskih vrata.
As Wilcox would have said, the geometry of the place was all wrong.
Kao što bi Wilcox rekao, geometrija mjesta bila je potpuno pogrešna.
One could not be sure that the sea and the ground were horizontal.
Nije se moglo biti sigurno da su more i tlo vodoravni.
Hence the relative position of everything else seemed phantasmally variable.
Stoga se relativni položaj svega ostalog činio fantazmalno promjenjivim.
Briden pushed at the stone in several places, without result.
Briden je gurnuo kamen na nekoliko mjesta, bezuspješno.
Then Donovan felt delicately over around the edge of the door.
Zatim je Donovan nježno opipao rub vrata.
He climbed interminably along the grotesque stone molding.
Beskrajno se penjao uz grotesknu kamenu profilaciju.
Although, if you could really call it climbing is debatable.
Iako, ako se to uopće može nazvati penjanjem, to je diskutabilno.
Perhaps the door was more horizontal than vertical.
Možda su vrata bila više horizontalna nego vertikalna.
And the men wondered how any door in the universe could be so vast.
I ljudi su se pitali kako ijedna vrata u svemiru mogu biti toliko ogromna.
Then, very softly and slowly, something began to happen.
Tada se, vrlo tiho i polako, nešto počelo događati.
The acre-great panel began to give inward at the top.
Ploča veličine jutra počela se uvlačiti prema unutra na vrhu.

And they saw that the door had balanced itself.
I vidjeli su da su se vrata sama uravnotežila.

***

Donovan somehow propelled himself back along the jamb.
Donovan se nekako uspio vratiti uz dovratnik.
**And everyone watched the queer recession of the
monstrously carven portal.**
I svi su promatrali neobično uvlačenje monstruozno
izrezbarenog portala.
**In this fantasy of prismatic distortion it moved anomalously
in a diagonal way.**
U toj fantaziji prizmatične distorzije, kretala se anomalno
dijagonalno.
All the rules of matter and perspective seemed confused.
Sva pravila materije i perspektive činila su se pomiješanima.
The aperture was black with a darkness almost material.
Otvor je bio crn, gotovo materijalnom tamom.
That tenebrousness was indeed a positive quality.
Ta tmurnost je doista bila pozitivna osobina.
The men were spared from seeing the inner walls.
Muškarci su bili pošteđeni viđenja unutarnjih zidova.
**The darkness burst forth like smoke from its eon-long
imprisonment.**
Tama je izbila poput dima iz svog eonski dugog zatočeništva.
**The sun was visibly darkened by flapping membranous
wings.**
Sunce je bilo vidljivo zamračeno mahanjem membranskih
krila.
**And the shadow slunk away into the shrunken and gibbous
sky.**
I sjena se iskradala u smežurano i ispupčeno nebo.
**The odor arising from the newly opened depths was
intolerable.**
Miris koji se širio iz novootvorenih dubina bio je nepodnošljiv.

The quick-eared Hawkins thought he heard a nasty, slopping sound.
Hawkins, brzog uha, pomislio je da čuje gadan, pljuskajući zvuk.
His ears were confirmed when It lumbered slobberingly into sight.
Njegove su uši bile potvrđene kad se Ono , slinavo, pojavilo na vidiku.
Its gelatinous green immensity groped through the black hall.
Njegova želatinozna zelena beskrajnost pipala je kroz crni hodnik.
And Its ooze and smell squeezed through the angled door.
I njegova sluz i miris probijali su se kroz kosa vrata.
The Thing went into the tainted air of that poison city of madness.
Stvar je otišla u zagađeni zrak tog otrovnog grada ludila.
Poor Johansen's handwriting almost gave out when he wrote of this.
Jadni Johansenov rukopis gotovo je otkazao dok je ovo pisao.
He thinks two men perished of pure fright in that accursed instant.
Misli da su dvojica muškaraca umrla od čistog straha u tom prokletom trenutku.
The Thing cannot be described with our language.
Stvar se ne može opisati našim jezikom.
There are no words for such abysms of shrieking and immemorial lunacy.
Nema riječi za takve ponore vrištanja i nezapamćenog ludila.
Eldritch contradictions of all matter, force, and cosmic order.
Jezive kontradikcije sve materije, sile i kozmičkog reda.
A mountain that walked and stumbled on the earth. God!
Planina koja je hodala i spoticala se po zemlji. Bože!
No wonder that across the earth a great architect went mad.
Nije ni čudo da je preko cijele zemlje veliki arhitekt poludio.
No wonder poor Wilcox raved with fever in that telepathic instant.

Nije ni čudo što je jadni Wilcox bjesnio od groznice u tom telepatskom trenutku.

The green, sticky spawn of the stars, was walking the earth.

Zeleni, ljepljivi potomci zvijezda hodali su zemljom.

The Thing of the idols had awaked to claim his own.

Stvar idola se probudila da zatraži svoje.

The stars were aligned again, as was predicted.

Zvijezde su se ponovno poravnale, kako je i bilo predviđeno.

An age-old cult had failed in their duties.

Vjekovni kult nije ispunio svoje dužnosti.

And a band of innocent sailors fulfilled their role by accident.

I skupina nevinih mornara ispunila je svoju ulogu slučajno.

After vigintillions of years great Cthulhu was loose again.

Nakon vigintilijuna godina, veliki Cthulhu ponovno je bio na slobodi.

And now great Cthulhu was ravening for delight.

I sada je veliki Cthulhu žudio za užitkom.

Three men were swept up by the flabby claws before anybody turned.

Trojicu muškaraca povukle su mlohave kandže prije nego što se itko okrenuo.

God rest them, if there be any rest in the universe.

Bog im dao pokoj, ako uopće ima pokoja u svemiru.

Let it be known that their names were Donovan, Guerrera and Angstrom.

Neka se zna da su se zvali Donovan, Guerrera i Angstrom.

Parker slipped as he was trying to make his escape.

Parker se poskliznuo dok je pokušavao pobjeći.

The other three were plunging frenziedly back to the boat.

Ostala trojica su mahnito jurila natrag prema čamcu.

They ran over endless vistas of green-crusted rock.

Trčali su preko beskrajnih vidika stijena prekrivenih zelenom korom.

Johansen swears he was swallowed up by an angle of masonry.

Johansen se kune da ga je progutao kut zida.

An angle which shouldn't have been there.
Kut koji nije trebao biti tamo.
An angle which was acute, but behaved as if it were obtuse.
Kut koji je bio oštar, ali se ponašao kao da je tup.
Only Briden and Johansen made it back to the boat.
Samo su se Briden i Johansen vratili do broda.
The two men had a moment of good fortune.
Dvojica muškaraca imala su trenutak sreće.
The mountainous monstrosity flopped down on the slimy stones.
Planinska nakaza srušila se na sluzavo kamenje.
And the beast hesitated floundering at the edge of the water.
I zvijer je oklijevala posrćući na rubu vode.
The steam boat had not entirely run out of hot coals.
Parobrodu nije sasvim ponestalo vrućeg ugljena.
Despite the departure of all men for the shore.
Unatoč odlasku svih muškaraca na obalu.
Feverishly the two men rushed up and down between wheels.
Grozničavo su dvojica muškaraca jurila gore-dolje između kotača.
It was the work of only a few moments to get the engine going.
Trebalo je samo nekoliko trenutaka da se motor pokrene.
Amidst the distorted horrors of that indescribable scene.
Usred iskrivljenih užasa te neopisive scene.
Slowly their boat began to churn the lethal waters beneath her.
Njihov je čamac polako počeo uzburkavati smrtonosne vode pod njom.
And they moved along the masonry of that charnel shore.
I kretali su se uz zidine te grobne obale.
That strange coastline that was not from this world.
Ta čudna obala koja nije bila s ovog svijeta.

***

The titan Thing from the stars slavered and gibbered.
Titanska Stvar sa zvijezda slinila je i brbljala.
Like Polypheme cursing the fleeing ship of Odysseus.
Poput Polifema koji proklinje Odisejev brod u bijegu.
Then great Cthulhu slid greasily into the water.
Tada se veliki Cthulhu masno skliznuo u vodu.
Bolder and more daring than the storied Cyclops.
Smjeliji i odvažniji od legendarnog Kiklopa.
Cthulhu pursued them through the water with cosmic movement.
Cthulhu ih je progonio kroz vodu kozmičkim pokretom.
Briden looked back from the ship and started laughing shrilly.
Briden se osvrnuo s broda i počeo se prodorno smijati.
From that moment Briden continued laughing at odd intervals.
Od tog trenutka Briden se nastavio smijati u neobičnim intervalima.
But Johansen had not given up yet.
Ali Johansen još nije odustao.
He knew his ship had no chance of outpacing the thing.
Znao je da njegov brod nema šanse prestići tu stvar.
So he resolved on taking a desperate chance.
Stoga je odlučio riskirati očajnički.
He loaded the furnace and set the engine for full speed.
Napunio je peć i namjestio motor na punu brzinu.
And then he ran lightning-like on deck and reversed the wheel.
A onda je munjevito potrčao na palubu i okrenuo kormilo.
There was a mighty eddying and foaming in the noisome brine.
U smrdljivoj slanoj vodi osjećalo se snažno kovitlanje i pjenjenje.
The steam mounted higher and higher into the sky.
Para se dizala sve više i više u nebo.
And the brave Norwegian reversed the course of the chase.
I hrabri Norvežanin preokrenuo je tijek potjere.

Before him rose the unclean froth like the stern of a demon galleon.
Pred njim se dizala nečista pjena poput krme demonske galije.
He drove his vessel head on against the pursuing jelly.
Uputio je svoj brod direktno na meduzu koja ga je progonila.
The awful squid-head came nearly up to the yacht's bowsprit.
Strašna lignja-glava došla je gotovo do pramčanog šprita jahte.
But Johansen drove on relentlessly against the writhing feelers.
Ali Johansen je neumoljivo nastavio voziti protiv migoljećih pipala.
There was a bursting as of an exploding bladder.
Čulo se pucanje kao da se mjehur ispucao.
There was a slushy nastiness as of a cloven sunfish.
Osjećala se neka bljuzgava gadost kao od rasparane sunčanice.
There was a stench as of a thousand opened graves.
Osjećao se smrad kao iz tisuću otvorenih grobova.
And there was a sound the chronicler did not put on paper.
I postojao je zvuk koji kroničar nije stavio na papir.
For an instant the ship was befouled by an acrid cloud.
Na trenutak je brod bio zaprljan oštrim oblakom.
The green cloud blinded Johansen and the mad man.
Zeleni oblak je zaslijepio Johansena i luđaka.
And then there was only a venomous seething astern.
A onda je iza krme bilo samo otrovno kipljenje.
But God in heaven! What the two men saw next;
Ali Bože na nebu! Što su dvojica muškaraca zatim vidjela;
The scattered plasticity of that nameless sky-spawn.
Raspršena plastičnost tog bezimenog nebeskog mrijesta.
The injured thing was nebulously recombining.
Ozlijeđena stvar se maglovito rekombinirala.
Soon Cthulhu would be back in its hateful original form.
Uskoro će se Cthulhu vratiti u svom omraženom izvornom obliku.
But their distance was widening with every second.
Ali njihova udaljenost se povećavala sa svakom sekundom.

The ship was gaining impetus from its mounting steam.
Brod je dobivao na zamahu zbog rastuće pare.
And eventually the cursed city was over the horizon.
I konačno se prokleti grad pojavio iza horizonta.

***

He did not try to navigate after their lucky escape.
Nije pokušao navigirati nakon njihovog sretnog bijega.
His reaction had taken something out of his soul.
Njegova reakcija mu je nešto istrgnula iz duše.
He spent his time brooding over the idol in the cabin.
Vrijeme je provodio razmišljajući o idolu u kolibi.
He looked after the laughing maniac in the boat.
Gledao je za smijućim se manijakom u čamcu.
And he attended to a few matters such as food.
I pobrinuo se za nekoliko stvari poput hrane.
Then came the storm of April 2nd.
Zatim je došla oluja 2. travnja.
On that day clouds gathered over his consciousness.
Tog dana oblaci su se nadvili nad njegovu svijest.
There is a sense of pure and refined delirium.
Postoji osjećaj čistog i profinjenog delirija.
Spectral whirling through liquid gulfs of infinity.
Spektralno vrtloženje kroz tekuće zaljeve beskonačnosti.
Dizzying rides through reeling universes on a comet's tail.
Vrtoglave vožnje kroz vrtoglave svemire na repu kometa.
Hysterical plunges from the pit to the moon.
Histerični skokovi iz jame na mjesec.
And he plunged back again from the moon to the pit.
I ponovno se strmoglavio s mjeseca u jamu.
A cachinnating chorus of the distorted, hilarious elder gods.
Zapanjujući zbor iskrivljenih, urnebesnih starijih bogova.
And the green bat-winged mocking imps of Tartarus.
I zeleni, podrugljivi vražićci iz Tartara s krilima šišmiša.
Out of that dream came rescue; the ship Vigilant.
Iz tog sna došlo je spašavanje; brod Vigilant.

The vice-admiralty court and the streets of Dunedin.
Viceadmiralitetski sud i ulice Dunedina.
The long voyage back home to the old house by the Egeberg.
Dugo putovanje natrag kući, u staru kuću kraj Egeberga.
He could not tell anyone of what he had seen.
Nikome nije mogao reći što je vidio.
Had he told the truth they would have thought he had gone mad.
Da je rekao istinu, pomislili bi da je poludio.
So he secretly wrote of what he knew before death came.
Tako je potajno pisao o onome što je znao prije nego što je došla smrt.
"Death would be a boon if only it could blot out the memories."
"Smrt bi bila blagoslov kad bi samo mogla izbrisati sjećanja."
That was the document Johansen left behind.
To je bio dokument koji je Johansen ostavio za sobom.
And now I have placed this document in the tin box.
A sada sam ovaj dokument stavio u limenu kutiju.
In the box is also the dream carved bas-relief.
U kutiji se nalazi i san urezani bareljef.
And I have included the papers of Professor Angell.
I uključio sam radove profesora Angella.
With this box shall go this record of mine.
S ovom kutijom ide i ovaj moj zapis.
These notes have become a test of my own sanity.
Ove bilješke su postale test moje vlastite razumnosti.
But I hope my discoveries are never be pieced together again.
Ali nadam se da se moja otkrića više nikada neće moći sastaviti.
I have looked upon all that the universe has to hold of horror.
Promatrao sam sve što svemir ima za ponijeti od užasa.
But now even the skies of spring are darkness to me.
Ali sada mi je čak i proljetno nebo tama.
Even the flowers of summer are forever poison to me.

Čak su mi i ljetni cvjetovi vječni otrov.
But I do not think my life will be long.
Ali ne mislim da će mi život biti dug.
As my uncle went, so shall my end come.
Kako je otišao moj ujak, tako će doći i moj kraj.
As poor Johansen went, so shall my time come.
Kao što je jadni Johansen otišao, tako će doći i moje vrijeme.
I know too much, and the cult still lives.
Previše znam, a kult još uvijek živi.
Cthulhu still lives, too, I can only suppose.
Mogu samo pretpostaviti da je i Cthulhu još uvijek živ.
I assume Cthulhu is again in that chasm of stone.
Pretpostavljam da je Cthulhu opet u toj kamenoj pukotini.
The city which has shielded him since the sun was young.
Grad koji ga je štitio otkad je sunce bilo mlado.
I know his accursed city is sunken once more.
Znam da je njegov prokleti grad opet potonuo.
The crew of the Vigilant sailed over the spot after the April storm.
Posada Vigilanta preplovila je to mjesto nakon travanjske oluje.
But his ministers on earth still worship his return.
Ali njegovi službenici na zemlji još uvijek obožavaju njegov povratak.
In lonely places they congregate around their idol.
Na usamljenim mjestima okupljaju se oko svog idola.
And they bellow and prance and slay in satanic ritual.
I urlaju, poskakuju i ubijaju u sotonskim ritualima.
He must have been trapped by the sinking of his black abyss.
Mora da ga je zarobilo tonuće njegovog crnog ponora.
Or else the world would by now be screaming with fright and frenzy.
Inače bi svijet do sada vrištao od straha i bijesa.
Who knows how the end will come about?
Tko zna kako će doći kraj?
What has risen may sink, and what has sunk may rise.

Što se uzdiglo, može potonuti, a što je potonulo, može se uzdići.

Loathsomeness waits and dreams in the deep.
Odvratnost čeka i sanja u dubini.
And decay spreads over the tottering cities of men.
I propadanje se širi po klimavim gradovima ljudi.
A time will come where that city rises out the sea again.
Doći će vrijeme kada će se taj grad ponovno izroniti iz mora.
But I must not think about when that day will come!
Ali ne smijem razmišljati o tome kada će taj dan doći!
I have one prayer if this manuscript outlives me.
Imam jednu molitvu ako me ovaj rukopis nadživi.
I pray my executors put caution before audacity.
Molim se da moji izvršitelji stave oprez ispred smjelosti.
I pray this manuscript meets no other eyes.
Molim se da ovaj rukopis ne sretne nikoga.

***

Found among the papers of the late Francis Wayland Thurston, of Boston.
Pronađeno među papirima pokojnog Francisa Waylanda Thurstona iz Bostona.